中华文史故事

第二辑

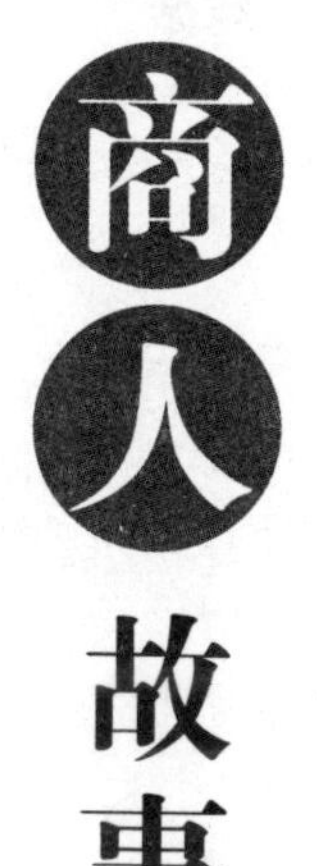

商人故事

◎张巨才 主编
牧 言 编著

中州古籍出版社
·郑州·

图书在版编目(CIP)数据

商人故事 / 张巨才主编. — 郑州 : 中州古籍出版社, 2018.4 (2018.9重印)
(中华文史故事)
ISBN 978-7-5348-7002-6

Ⅰ. ①商… Ⅱ. ①张… Ⅲ. ①历史故事-作品集-中国 Ⅳ. ①I247.81

中国版本图书馆 CIP 数据核字(2017)第 078137 号

出版社:中州古籍出版社
(地址:郑州市经五路 66 号 邮政编码:450002)
发行单位:新华书店
承印单位:三河市金轩印务有限公司
开本:640mm×960mm 1/16 印张:10.75
版次:2018 年 4 月第 1 版 印次:2018 年 9 月第 3 次印刷

定价:20.00 元

目　录

商圣——范蠡 …… 1

一、宛邑才俊，幸遇伯乐 …… 2

二、夫椒之战，忍辱质吴 …… 6

三、十年生聚，十年教训 …… 14

四、待时而举，越国称雄 …… 17

五、泛舟五湖，华丽转身 …… 21

六、陶朱事业，商海神圣 …… 24

商祖——白圭 …… 28

一、智勇仁强，熔铸商魂 …… 29

二、乐观时变，治生有术 …… 32

三、薄利多销，人弃我取 …… 34

四、崇尚节俭，诚信为本 …… 36

儒商之祖——子贡 …… 41

一、出身贵府，拜师孔门 …… 42

二、纵横列国，聘享诸侯 …… 46

三、尊师楷模，儒商鼻祖 …… 50

商人政治家——吕不韦 …… 56

一、商海弄潮 …… 57

二、奇货可居 …… 60

三、长袖善舞 …… 66

四、一字千金 …… 74

五、夕阳悲歌 …… 77

票号之祖——日升昌 …… 86

一、延揽人才，绝妙转身 …… 87

二、开拓创新，蒸蒸日上 …… 90

三、广布网络，铸就辉煌 …… 95

四、百年沉浮，完美谢幕 …… 100

红顶商人——胡雪岩 …… 107

一、从徽商说起 …… 108

二、创业维艰 …… 110

三、宏图初展 …… 114

四、纵横捭阖 …… 119

五、大厦倾覆 …… 126

六、历史启示 …… 131

面粉大王——荣氏兄弟 ………………………… 134

一、艰辛开拓 ………………………………………… 135

二、面粉生意 ………………………………………… 136

三、三新财团 ………………………………………… 139

四、商海搏击 ………………………………………… 143

五、经营谋略 ………………………………………… 148

六、面粉大王被绑记 ………………………………… 158

商圣——范蠡

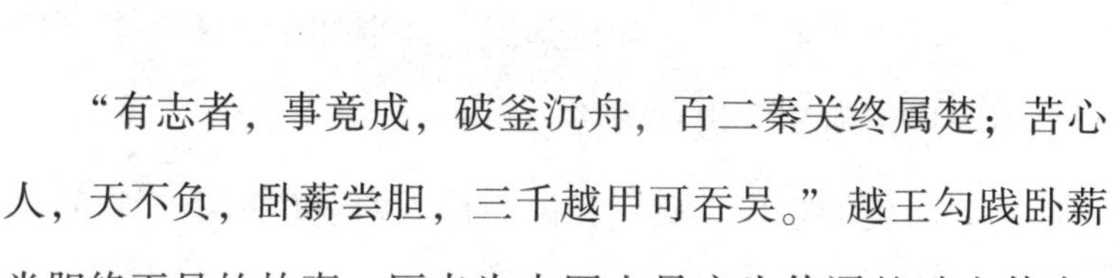

“有志者，事竟成，破釜沉舟，百二秦关终属楚；苦心人，天不负，卧薪尝胆，三千越甲可吞吴。”越王勾践卧薪尝胆终灭吴的故事，历来为中国人最广为传诵的励志传奇，而这一故事的幕后导演便是范蠡。

在诸侯争雄、人才辈出的春秋末期，在中华历史的中心悄悄向东南转移之时，出生于楚宛之地的范蠡审时度势，南下吴越，协助不起眼而且又惨遭灭顶之灾的越国，在长达二十余年的“十年生聚，十年教训”总思想指导下，台前幕后扮演了一个大导演的角色，通过吴越大战最终将越国推向霸主之位，在这个喧嚣的春秋末期奏出了华丽的强音。

而在越国最为鼎盛之时，立过汗马功劳的范蠡“功成不受爵，长揖归田庐”，婉拒越王勾践分国予他的承诺，毅然决然地离开政治舞台，实现华丽转身，从此隐姓埋名，踏足商界，创造了他人生的又一个辉煌，富可敌国，并留下了被

后世商家尊奉为圭臬的《范子计然》一书，以至于“陶朱公”成为后世人们顶礼膜拜的财神。

范蠡与本书另述的战国时期的大商人吕不韦可以说最有典型的对比性：一个在政坛得意之时淡然隐退，转入商界；一个经商起家，投入巨资踏足政界。他们的人生轨迹正好相反，他们都成了叱咤风云的历史人物，而结果却令人慨叹：一个功成身退，寿终正寝；一个却留恋官场，被逼自尽。相比而言，范蠡更显睿智，知进知退，知取知予，不为名利所羁，不为世俗所累，堪称人杰。

拂去历史的尘埃，我们只能在后人对这位历史人物的斑驳记忆中去慢慢品味其充满传奇、浪漫色彩的一生，他重人重谷、韬光养晦、以柔克刚的执政思想，主张商品流通、平抑物价、均富安邦的经济思想，在那个久远的年代具有开创性的意义，而他与名垂千古的绝世美女西施的浪漫传说更为后人津津乐道，甚至生花于李白、李商隐这些大文豪的妙笔之下。

一、宛邑才俊，幸遇伯乐

范蠡，字少伯，出生于楚国宛郡三户部落中的一个没落的贵族家庭。三户大约在今天河南省淅川县境内，在丹江的滋养下，这块土地上物产丰美，人杰荟萃。范蠡年轻时“佯狂倜傥负俗”，深受道家思想熏陶，放荡不羁，潇洒朗逸。他从小饱览群书，精通“六艺”，把家藏的有限书籍读完后便浪迹江湖，游历名山大川，遍访名士高人，学习政治经济、军事外交、天文地理等各个领域的知识。虽然知识丰富，但范蠡从来不像其他贵族公子那样注重繁文缛节，他整日披头散发，衣衫不整，过着率性而为的潇洒日子。父母去世后，他跟随哥嫂生活，从不为日常生计操心，衣来伸手，饭来张口。白天，他喜欢独自跑到偏僻的山野，与农夫、猎户促膝闲聊，了解村风民情，喜欢与山村的顽童一起嬉戏、爬树、赛跑、摔跤；夜晚，他则抛却烦恼，或静坐于书桌前，或仰卧在草地上，苦思冥想。族人无法理解这个既有学问又行为怪异的年轻人，更对他的前途不抱任何希望，在他们眼里这个人就是个呆子、疯人。《越绝书》记载了范蠡是这么一个人：“一痴一醒，时人尽以为狂。然独有圣贤之明，人莫可与语。”

范蠡之所以表现得如此荒诞，为周围人所诟病，除了受到崇尚自然的道家思想的影响之外，恐怕更是他对自己怀才不遇的一种宣泄，披发佯狂，期待引起社会的关注，能有高人发现他。

大约在范蠡二十五岁那年，政绩卓著、智慧非凡的宛邑县令文种在遍访境内贤能的过程中听说了范蠡这个名字，而且对他怪异的个性充满了好奇。文种迅速派人到三户调查了解范蠡的详细情况，结果回来的人告诉文种：范蠡乃是有名的疯人。文种听后陷入了沉思，对手下人说道："我听说贤俊、有独特见解的人，往往表现出大智若愚的样子，因而被人诋毁为狂妄之徒。社会上的一般人很难认识他的真面目。"

一天上午，文种抛开繁杂的政务，在衙役们的护送下，带着疑问亲自到三户一探究竟。

来到范蠡家门口却发现大门紧闭，竟无一人迎接。迟疑间，走下马车的文种发现范蠡竟然趴在一个狗洞里，而且对着他们汪汪乱叫，惹得赶来看热闹的街坊四邻哈哈大笑。文种手下的人正要发作，只见文种向一干人摆摆手，对范蠡说道："不要再演戏了，我已经认出你来了。这里不是一般人住的地方，是圣人居住之地。为了寻求德高望重的人，我们才翻山越岭来到这里。我听说狗只对人叫，你现在对我学狗叫，意思是抬举我呀！"说罢，文种整整衣冠便向范蠡施礼。而此时狂傲的范蠡竟然扭头望向别处，对文种理也没理。求贤若渴的文种见此情景仍然面带微笑，向范蠡作揖后打道回府。

县令如此大度，倒把平时放荡不羁的范蠡搞得面红耳赤，狼狈不堪，他在众人的嗤笑声中逃回家中。不过，经过这番试探，自信而又会察言观色的范蠡深知，文种有着过人的智慧，也是真心与自己交往，他们二人已经会心达意，不久爱才的文种必会再次来访。

几天的阴雨天气之后，范蠡对嫂嫂说：“嫂子，今天天气放晴，我估计县令还会来找我，请您为我准备一套衣服和一些酒菜，我要会会他。”

范蠡洗漱完毕，穿戴齐整，静候文种。不久，文种果然踏入了范家宅院。这次，范蠡抢先迎上，向文种拜上大礼，第一次在世人面前露出谦谦君子的风采。望着眼前这位英俊的才子，文种开始喜欢上他了。落座后，范蠡便为上次的失礼向文种道歉，而文种则哈哈大笑道：“少伯之举，令文种终生难忘，您将文种视为圣人，实在是对文种的鼓励呀！”从天文到地理，从治国到齐家，说话间，两人大有相见恨晚之意，越谈越投机，不觉云霞漫天，红日西坠。经过一番长谈，文种愈发为范蠡知识之渊博、思想之深远所打动，认定与此人联手日后必能成就一番伟业。望着渐渐落下的夜幕，文种紧握范蠡双手，诚挚邀请范蠡同车返宛，彻夜长谈。范蠡也为文种的人格魅力、非凡智慧折服，痛快地答应与文种到宛城去。

宛邑府内，摇曳的灯光下，两人促膝长谈。文种首先表明了自己的处境：“目前天下纷争，我们身处世道纷乱、群雄争王争霸的时代。我们楚国在吴国的打击下，元气大伤，我们胸怀韬略却无用武之地，才华无法施展。”范蠡接道：“是啊，要想有一番作为，必须离开楚国！”听罢，文种紧紧握住了范蠡的手，激动地说：“我们想到一起了！那么我

们该选择哪个国家呢？从目前的形势看，吴国最有称霸实力，然而吴国已有伍子胥、孙武等人辅佐，我等再去，恐怕很难有一席之地呀！”

伍子胥原为楚国一位“少好于文，长习于武，文治邦国，武定天下”的奇才，父亲吴奢因进谏而被楚平王所杀后，其潜逃入吴国，成为吴国重臣。孙武乃著名的军事家，更有《孙子兵法》一书流传于世。想到这些，范蠡说：“见霸兆出于东南。吴、越二邦，同气共俗，地户之位，非吴则越。”意思是说，从社会风气、国家实力看，吴、越两国不相上下，将来称霸的非吴则越。经过分析，两人认为，越国虽然较弱，但生产生活条件优越，如果得到有效治理，定会崛起于东南，称霸一方。

经过一番谋划，一个狂放不羁而满腹经纶，一个胸怀壮志而才华横溢，春秋时代最耀眼的这两颗政治新星就这样走到了一起，他们即将联袂登上政治舞台。他们决定投奔越国，辅佐越王登上霸主之位，从而实现自己远大的政治抱负。

二、夫椒之战，忍辱质吴

南下的文种和范蠡来到秀丽的吴越大地，很快得到越王允常的赏识，被任命为大夫。他们深入越国各地，在饱览山水美景之余，对各个领域进行了调查了解，发现这里虽然文化、生产相对中原地区来说较落后，但发展生产的基础条件很好。此时的越国在处事圆滑的老越王允常的治理下，巧妙利用楚国和吴国之间的紧张关系，源源不断地从楚国获得财力支持，国力不断增强。二人对越国的发展充满信心，同时也在越国寻找自己的一席之地。

日子一天天过去，然而由于越国权臣石买嫉贤妒能，处处诋毁、排挤文种和范蠡，致使二人在入越的十余年里无所事事，范蠡只好“退而不言，游于吴楚之间”。

公元前 496 年，老越王允常因病去世，年轻的勾践继承王位，他为应对来自吴国的威胁，大量招募贤才。自此，文种和范蠡终于进入了勾践的视线，双双被任命为上大夫，算是正式踏入越国政坛。十多年的思考，十多年的准备，文种和范蠡为年轻的勾践递交了他们对越国发展的治国强兵之策，其引经据典，提出要重视发展经济，不断增强军事实力，最后灭吴的建议。然而，这个建议并没有被年轻气盛且急于建功立业的勾践所重视，再加上石买的诋毁，他们再次与机会失之交臂。

吴王阖闾在得知允常去世的消息后，为迅速解决吴越争端，扫除北上伐楚的后方障碍，不顾道义上的谴责，决定亲率军队在新越王根基未稳之时讨伐越国。勾践得到消息后被迫亲自上阵，两军在槜李摆开阵势。求胜心切的吴王并不把弱小的越国放在眼里，决定以“擒贼先擒王”策略亲率禁卫军把越王一举拿下。越王勾践得知这一消息后，先是趁吴王与大本营分离之机，率军偷袭吴军大营，接着迅速从国内调集一批死刑犯组成敢死队，告诉这些本已获死罪的囚徒，只要他们能以身殉国，越国将厚葬亡者，并优抚他们的父母妻子。

第二天，吴军刚刚摆开阵势，这批敢死队员便赤膊上阵，齐声大喊：“越国必胜！”然后举剑自刎，血溅沙场。望着眼前这一具具倒在血泊中的尸体，吴军将士一个个目瞪口呆。迟疑间，越军杀声一片，将士奋勇冲进吴军阵营，吴军顿时四散逃命，毫无还击之力。越国大将灵姑浮一马当先，用短戈击中战车上的吴王阖闾，待阖闾在禁卫军的掩护下撤退至半路，便因伤势过重而亡。在弥留之际，悲愤交加的阖闾叮咛储王夫差一定要为他报仇。

这便是著名的槜李之战，这场战役使两国关系雪上加霜。此战后，即位的吴王夫差为雪奇耻大辱，励精图治，白天训练军队，督促发展生产，处理朝政大事，夜晚则睡卧薪柴之上，以不忘报杀父之仇。而年轻的勾践以弱胜强，并将阖闾送至西天，觉得强大的吴国不过如此，于是整日外出狩猎，对吴国放松了警惕。过了一段时间后，当他得知夫差在国内积极备战，便着急起来，决定先发制人，在大将石买的怂恿下草草决定攻伐吴国。

当得知勾践准备发兵讨伐吴国，长期赋闲的范蠡便向勾践劝谏说：“一个国家要想保持盈泰，便得随时居安思危，绝对不能操之过急。自古圣王最重视见机行事，天时不属于自己时，绝对不可以以人为造势发动战争；人力尚未有效集结时，更不应急于付诸行动。如今越国的兵力并不比吴国强盛，大王却要发动攻击，未详估目前实力，只执着于过去的功劳，天时不做，人事不和，这是逆天违人的作为，大王若一意孤行，可能会伤及国家和您自己的地位。”勾践一向刚愎自用，对范蠡的话根本听不进去。范蠡又说道：“兵者凶器也，战者逆德也。主动开启战端，绝对没有好下场！”勾践越听越恼怒，当面呵斥范蠡：“一切都已决定，谁也不用说了！”

退朝后，文种埋怨范蠡言辞过于激烈，为他担心起来。而范蠡则说：“身为谋士，最重要的是讲真话！我讲出来那些不敢得罪越王的大臣的心声，不仅可以争取这些大臣们的信任，而且还可以加深越王对我们的印象，早晚有一天他会知道对错的！”

勾践一意孤行，于公元前 494 年率兵沿水路向吴国进发。听说越军远道而来，胸有成竹的夫差不禁大喜，与伍子胥认真商讨对策，等待着越军自投罗网。一路上越军长驱直入，竟然没有遭到多少拦击，于是深入到吴国腹地夫椒。伍子胥率领重兵在这里等待很久了。勾践刚刚扎下营寨，伍子

胥便率兵夜袭越军大营，霎时火光冲天，越军大乱，只好南退至钱塘江一带。这时候越军内部军心涣散，内讧四起，纷纷谴责石买的错误行径。经验丰富的伍子胥得到情报后，再次偷袭，将越兵打得四处逃散。勾践眼见大势已去，为笼络人心，斩杀石买，率残部退至会稽山死守。陷入穷途末路的勾践这时候才想到曾经苦苦劝谏的范蠡和文种，后悔不迭，连忙打发人将二位找来，看看能否筹划出保全之策。

范蠡和文种在等待了十余年之后终于在越国陷入绝境之时走上了历史的前台。

被吴军团团包围于会稽山上的勾践，已和先前在朝堂之上趾高气扬的越王判若两人，面对匆匆赶来的文种和范蠡，他痛哭流涕，满脸愧色，希望二人能够在这危难关头助他一臂之力。文种和范蠡也深知此时越王召见他们的目的，而且越国一旦亡国，他们南下一展宏图的梦想将成为泡影，于是他们单刀直入，向勾践献上了救亡图存之计。

范蠡对越王说："天道循环变化，否极必定泰来；地道则在于完全接受命运，安静忍耐。懂得用天地之道来指导人事的，很少会遭到挫败。当今之计，只能谦辞卑言，送上厚礼，凸显对方尊贵的地位去求取和解。如果这样请降还不被允许，大王只有委屈自己，去当对方的奴隶，只有完全将自己置于死地，才能为越国争取一线生机。"勾践听罢，无奈地点头应允，决定派文种和诸稽郢一同到吴军大营谈判。

然而，智勇双全的吴国大将伍子胥把吴越之间的形势看得清清楚楚，两国乃生死大敌，在这个关键时刻决不可以放虎归山，否则前功尽弃。在他的极力劝阻下，文种等人无功而返。得到这一消息，走投无路的勾践犹如陷入死地的雄狮，决定杀掉自己的妻子，毁掉宝器，率领残余部队与吴军来个鱼死网破。

与绝望的勾践不同，范蠡和文种则仍然对求和充满信心，并向他献出第二次求和之策，这重新点燃起了勾践生之希望。文种向勾践说道："君王，请记住微臣最诚挚的肺腑之言，只要活着，就会有希望，有机会，请不要绝望，我们还有很多办法！吴国太宰伯嚭性格贪婪，我们送礼与他，通过他来说服吴王。臣愿意再次前往，一定给大王一个满意的结果。"绝望的勾践对文种的话言听计从，他也深知只要能活下来，即使忍受奇耻大辱，也在所不惜，否则越国将断送在他的手里。于是，他爽快答应了文种的建议。

伯嚭和伍子胥一样，也是从楚国投奔吴国的政客，在吴国"为人览闻辨见，目达灵通"，是一个八面玲珑的人，深得吴王赏识。深夜里，当见到文种带来的大量财宝和如花似玉的美女，伯嚭不禁眉开眼笑，立马答应说服吴王退兵。

在伯嚭的精心安排下，文种秘密与吴王会面，向吴王说道："愿大王能够赦免勾践之罪，让勾践有机会将他的金玉、宝物、子女贡献于大王。勾践的女儿将成为大王的奴婢，大夫的女儿也将献于吴国大夫，士人的女儿服侍吴国的士人，越国所有的宝物也全归吴国所有。勾践本人也将率领越国士兵追随大王，听从调遣，越国从此将成为吴国的一部分。倘若大王和您的大臣不肯赦免勾践的死罪，坚持以武力毁灭越国，勾践只好杀掉妻女，烧毁宝物，率领剩下的五千甲士和君王决一死战，君王即使有必胜把握，但也必会受到重创。”伯嚭则趁机说道：“越王已经答应臣服我们吴国，如果真要血战，我们国家和大王您的名声也将受到影响，对我们将来北上问鼎中原不利呀！”

这些话正好说到了想做一代明君，急于在各个诸侯心中树立大国之君良好形象的夫差的心坎儿里。夫差心中产生了怜悯之心，加上伯嚭在一旁怂恿，他思考片刻后，宣布吴国撤军，但越王勾践要入吴为奴，期限三年，以示惩戒。待伍子胥得到消息急忙赶到时，尽管据理力争，但夫差已经被大国明君的梦想给冲昏了头，根本听不进去，而且还把伍子胥奚落了一顿，气得伍子胥愤然离去。

获得一线生机的勾践回到越国后，反省自己的过错，为了抚平越国百姓的心理创伤，恢复建设家园的信心，他用实际行动向全国人民表达了自己的忏悔之意：对于在战争中死亡的将士，他亲自参加他们的葬礼；对于受伤的将士，他亲自到其家里慰问；哪个家庭有喜事，他会送礼相庆。

在夫椒之战的第二年，按照约定，勾践要携妻赴吴国为奴三年。临行前，勾践决定对在会稽山之围中立下大功的文种和范蠡委以重任，一个在国内主持政务，一个随他去吴国。在征询范蠡的意见时，范蠡则毫不犹豫地表示要跟随勾践到吴国去，他说："四封之内，百姓之事，蠡不如种也。四封之外，敌国之制，立断之事，种亦不如蠡也。"他深知质吴三年的困难与危险，同时考虑文种对他的知遇之恩和文种丰富的从政经验，对于质吴他义无反顾。

垂泪告别满目疮痍的越国，落魄的勾践弃子携妻同范蠡如约到达吴国后，首先向夫差表达自己对其赦免自己死罪的谢意和甘心为奴的诚意："东海贱臣勾践，上愧皇天，下负后土，不裁功力，侮辱王之军士，抵罪边境。大王赦其深辜，裁加役臣，使执箕帚。诚蒙厚恩，得保须臾之命，不胜仰感俯愧。"一番慷慨陈词，弄得夫差更加趾高气扬。之后安排他们在一个小石屋住下。范蠡清醒地认识到，只有让勾践示弱隐忍，放弃所有的尊严，取得夫差的怜悯，才能顺利度过难挨的三年受辱之旅。三年里，范蠡凭借着广博的学识、绝妙的计谋和极强的忍耐力，将夫差和勾践这对"国王与奴仆"的大戏导演到了极致，把屈辱、苟且、信念、毅力也推向了极致。他们交好伯嚭，使这位八面玲珑的吴国"忠臣"总能在关键时刻袒护他们；对于夫差，勾践忍着巨大的屈辱，鞍前马后，甚至趴在地上让夫差踩背上马，为了取得夫差的信任，甚至在夫差生病的时候依照范蠡的安排亲尝夫差的粪便，以示忠诚之心；在夫差发现范蠡的才能之后说服范蠡弃越投吴时，范蠡则表现出不离不弃的高风亮节，让吴王夫差放弃了此念头，让勾践为他的忠诚感动得伏地而泣；面对“目光熛火，声如雷霆”的伍子胥，他们则小心翼翼，将甘心为奴的诚意表演得淋漓尽致，不露任何破绽。他们一步步谨小慎微地向着安全归国的目标迈进，不留痕迹地消除夫差的戒备心理，一层层增加这位吴国国君对他们的怜悯之情。

三、十年生聚，十年教训

时间一天天过去，公元前490年，勾践和范蠡的种种表现终于使吴王夫差冲破重重阻力放他们回去，而且还封还给了越国百里之地。归国后的勾践面对残破的弹丸之地，不禁百感交集，内心充满了急于复国而又无所适从的焦躁情绪，而范蠡则胸有成竹，他向勾践全盘托出了他思考很久的复国计划——十年生聚，十年教训。也就是说在前十年里发展经济，积累财富，后十年则着重精神教育，增强越国实力，最后达到复国雪耻的目标。同时，范蠡给这位年轻的越王不断注入浴火重生的勇气与信念。

勾践为了磨炼自己的意志，牢记为奴的奇耻大辱，夜晚睡于薪草之上，白天与妻子一起到田间劳作，粗茶淡饭，决心与百姓一起渡过难关。在国家大事上，他充分信任在他最为困难时不离不弃而又足智多谋的范蠡和文种，由范蠡负责整个复国计划的规划，由文种负责牵头实施。范蠡成了这个长达二十年的复国大计的总策划和总导演，他制订并实施了一系列卓有成效的计划：

一是增加社会人口，大力发展经济。范蠡深知，几乎遭遇灭顶之灾的越国要想兴复，增加人口是第一位的，没有人，谈何招募勇士，扩充队伍。于是他推行了一整套奖励生育的政策，使越国人口迅速增长。在发展生产上，采取以农为主，多业并举的思路，除了发展谷物生产，还发展了种桑养蚕业，发展了畜牧业，同时免除百姓十年的苛捐杂税，“缓刑薄罚”，使不断增加的人口能够安居乐业，每家每户都有三年的存粮。在商品流通环节则采取平抑物价等措施，使人民生活稳定，国家积累不断增加，国家经济实力迅速增强。

二是加强军事防御，不断提高军事实力。勾践归国后，本打算将国都迁回会稽，而范蠡则坚持请求将都城留在平原，以便战事来临时方便调度，而且为了不引起吴国的猜疑，将国都分小城和大城两步来建设。起初建设周长仅仅二百二十三步的小城，名曰“勾践小城”，供勾践和王公大臣们居住。在大城开建前，勾践则专门派人向吴王夫差解释说，主要是担心在吴国北伐之时南方的蛮族发生骚乱而造成越国和吴国的安危，而且还在对着吴国的西北方向不筑城

墙，以示忠心。得到吴王允许后，越国又在大城西北的卧龙山上建起一座高高的楼台“飞翼楼”，美其名曰为纪念两国世代友好，实乃作瞭望之用。另外，范蠡还秘密在浙江边修筑了防御吴军渡江的军事工程——固陵。

在修建军事防御设施的同时，越国设置了多处秘密的练兵点和武库。同时为锻造兵器大力发展采矿业。勾践归国后，派人到处拜访有名的铸剑师，秘密铸造利剑等武器；大规模建造不同类型的船只，提高海上军事实力。

三是招募勇士，精练强兵。在建立了坚固的防御工事后，越国开始大批招募勇士，聘请专人训练，比如精于射弩的楚国流亡者、弓弩手陈音等，不断提高士兵的作战技能，同时注重实战演练，激发士兵为国雪耻的斗志。

在长达二十年的军事和经济建设中，范蠡以超乎常人的忍耐力和治国治军才能，一步步为残破的越国的复兴与雪耻做着准备。在此过程中，他为后人留下了被人推测为一部记录越国君臣谈话中关于策略的智慧宝典——《范子计然》。此书涉及面极广，采用君臣对话的形式，使越国的重要复国策略跃然纸上，堪称勾践复国策略的百科全书。同时，身为重臣的文种则为勾践提出了著名的“伐吴九术”。其大体内容为：以重金贿赂吴国君臣，使他们丧失警惕；以美色迷惑夫差，扰乱吴国朝政；贡献上等建材和工匠，鼓励吴王夫差大兴土木，耗费吴国的财力人力；等等。这些措施，件件得到落实，阳谋与阴谋并用，不仅起到了麻痹吴国，消耗其战斗力的作用，而且使越国在各个方面得到迅速发展。

在这二十年当中，急于复仇的勾践在看到国家不断兴盛的情况下曾四次询问范蠡伐吴事宜，都被沉稳、冷静的范蠡据理说服，表现了这位政治家的优秀品质和坚强意志。他在观察天时、地利、人和等条件，他在等待必胜的时机，他深知只有做到了万无一失，越国复国雪耻的梦想才能顺利实现。

四、待时而举，越国称雄

越国在范蠡和文种联手治理下，人民休养生息，经过二十年的发展，经济和军事方面取得了很大成效，具备了初步与吴国抗衡的实力。越国就像一只羽毛渐丰而又饥饿的雄鹰，无时无刻不在寻找灭吴的最佳时机，以雪前耻。大约在公元前 484 年，当吴王夫差率众倾巢而出北上去往位于今天河南封丘的黄池，以求取得霸主之位的消息传入越国时，勾践便第五次向范蠡提出攻打吴国的主张。这一次，范蠡爽快地答应了，因为就在这一年，对于越国来说最难对付的伍子胥被吴王给赐死了，而且吴国国内留下的兵力也不多，乘虚而入，应该有必胜把握。

于是，勾践亲率五万余将士，由范蠡任总指挥，开始了攻击吴国的行动。范蠡先是派出了由畴无余率领的先头部队，悄然出现于吴都姑苏城的南边，让留守吴国的太子友和王孙弥庸以为越国的兵力不足为惧，从而出城交战。畴无余率领的先头部队在与吴国短兵相接后悉数被俘，这更增加了这些王子王孙的骄奢之气。而勾践和范蠡率领的大部队则趁他们被胜利冲昏头脑之时，迅速沿江北上，直抵姑苏城，毫无悬念地将吴军打得落花流水，太子友无奈自刎而死，王孙弥庸被杀。勾践第一次出击便取得了重大胜利，几十年的屈辱在这场痛快的大胜利面前烟消云散。

而此时远在黄池的吴王夫差得到消息后，方寸大乱，他没有迅速回兵解决国内战事，却为了那个梦寐以求的霸主之位，杀死周围得到消息的侍臣，严密封锁消息。待在盟会上勉强取得盟主之位后，夫差才匆匆收兵回师，加之在路上又与宋国发生军事摩擦，等回到吴国已经是六个月以后的事情了，错失了最佳的反击越国的良机。在疲惫不堪的吴军将士的央求下，面对惨剧，夫差只好硬着头皮向昔日曾经是他奴仆的勾践求和。而勾践本打算一战到底，但范蠡却在认真评估双方实力后力主和议，劝勾践答应了吴王的请求。这场战役尽管以和解而告终，但是与之前不同的是，对于越王勾践来说，在精神上多年的耻辱得以洗刷；对越国而言，摆脱了属国的地位，同时使吴国整体实力遭到重创，吴国百姓和将士对吴王的信任降到了低点。

屋漏偏逢连阴雨。公元前479年，吴国国内又闹起了饥荒，这对于本打算在和解的间隙休养生息的吴国更是雪上加霜。当吴国无奈向越国请求援助之时，越王勾践理所当然地予以严词拒绝。此时范蠡则不像勾践和文种那样急于趁吴国灾荒之时再次攻打吴国，而是为取得最后攻吴的全面胜利做着方方面面的安排，他深知瘦死的骆驼比马大，只有为越国准备好充足的条件才可以果断出击。他布置相关人员在国内营造一个大战来临前的紧张氛围，整肃军纪，增加士气，同时交好各方诸侯，尽量孤立吴国。

公元前478年3月，吴越关系史上著名的笠泽之战终于奏响了吴国走向灭亡的哀乐，在各方面情况完全具备的条件下，范蠡将越军兵分三路，左右军佯攻、诱敌，中路军则由敢死队员组成，在一个月影婆娑的夜晚攻入吴军大营，造成吴军大败，接着三军合围，将本已慌乱的吴军一举击溃，从而取得了吴越之间战斗中越国的决定性胜利。吴王夫差带领残余部队狼狈逃回都城姑苏。

越国胜利班师回国后，则加紧了军事上的准备，制作武器，积聚粮食，以求尽快再次痛击吴国，不给他们喘息之机。公元前475年冬天，勾践与范蠡再次率兵对吴国发动了猛烈攻击，逼近姑苏城后，截断了城内所有的粮食供应通道，开始了长达三年的围城战，不费一兵一卒，使“吴师自溃”。公元前473年1月，勾践一声令下，越军长驱直入，

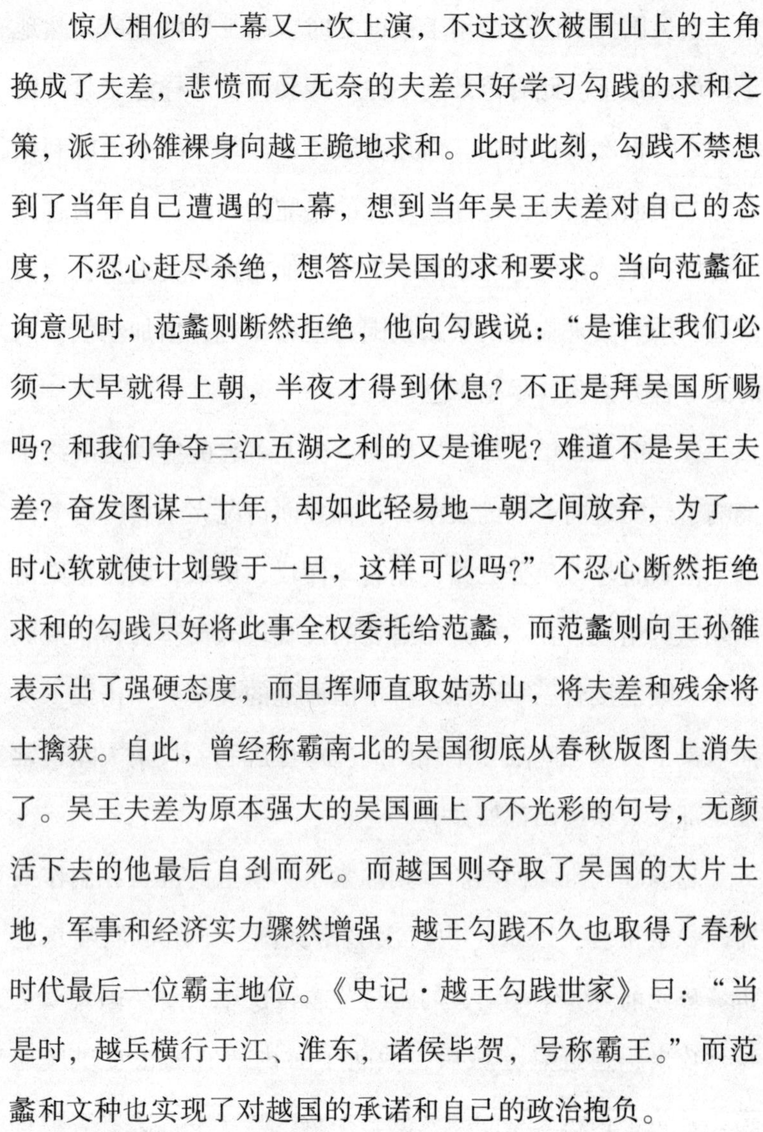

占领姑苏城，而夫差则与亲信狼狈逃往姑苏城西南的姑苏山上。

惊人相似的一幕又一次上演，不过这次被围山上的主角换成了夫差，悲愤而又无奈的夫差只好学习勾践的求和之策，派王孙雒裸身向越王跪地求和。此时此刻，勾践不禁想到了当年自己遭遇的一幕，想到当年吴王夫差对自己的态度，不忍心赶尽杀绝，想答应吴国的求和要求。当向范蠡征询意见时，范蠡则断然拒绝，他向勾践说："是谁让我们必须一大早就得上朝，半夜才得到休息？不正是拜吴国所赐吗？和我们争夺三江五湖之利的又是谁呢？难道不是吴王夫差？奋发图谋二十年，却如此轻易地一朝之间放弃，为了一时心软就使计划毁于一旦，这样可以吗？"不忍心断然拒绝求和的勾践只好将此事全权委托给范蠡，而范蠡则向王孙雒表示出了强硬态度，而且挥师直取姑苏山，将夫差和残余将士擒获。自此，曾经称霸南北的吴国彻底从春秋版图上消失了。吴王夫差为原本强大的吴国画上了不光彩的句号，无颜活下去的他最后自刭而死。而越国则夺取了吴国的大片土地，军事和经济实力骤然增强，越王勾践不久也取得了春秋时代最后一位霸主地位。《史记·越王勾践世家》曰："当是时，越兵横行于江、淮东，诸侯毕贺，号称霸王。"而范蠡和文种也实现了对越国的承诺和自己的政治抱负。

五、泛舟五湖，华丽转身

通过灭吴而取得春秋霸主地位的越王勾践，对在越国复兴过程中立下汗马功劳的范蠡大加奖赏，并封其为上将军，表达了他的感激之情。此时，处于事业巅峰的范蠡却做出了常人难以理解的决定——辞去官职，归隐江湖。面对勾践相送半数国土的利诱和不参与朝政就杀掉他的儿子和妻子的威逼，他不为所动，毅然决然地离开了越国，泛舟五湖，准备开始一种潇洒的新生活。

我们从范蠡在离开越国之前给他的好友文种的信中大致可以了解到这位智者独特的观察事物的视角。他告诉文种："狡兔尽，走狗烹；飞鸟尽，良弓藏；敌国破，谋臣亡。"在与越王勾践几十年的朝夕相处中，他深知"长颈鸟啄，鹰视狼步"的勾践，可与同患难，难与共安乐，如果不能急流勇退，如果贪恋权势，早晚要被越王所杀。他力劝文种也借机离开越国。同时，自幼受道家思想影响的范蠡在实现了自己的政治理想与抱负之后，也希望自己能够寻找一种新的生活方式。从后来文种对范蠡的规劝不以为然，最后被猜疑的越王所杀来看，我们更能体会范蠡智慧的超拔不凡。

离开越国的范蠡先是在太湖边的无锡落脚，利用这里优越的自然资源，总结前人的生产经验，采取建池、孵化、混养、轮捕等技术，大力发展养鱼业，并撰写出《养鱼经》一书。至今，我们在贾思勰的《齐民要术·养鱼》中仍可见到这部书的部分文字："朱公曰：'夫治生之法有五，水畜第一。水畜，所谓鱼池也。以六亩地为池，池中有九洲。求怀子鲤鱼长三尺者二十头，牡鲤鱼长三尺者四头，以二月上庚日内池中，令水无声，鱼必生……'"大约三百字。同时，他还带领乡民利用这里的陶土资源优势，烧制缸、壶、盆、罐等生产生活用品，被后人奉为陶业鼻祖。

然而，由于无锡距离越国太近，况且得知文种已经被勾践所杀，在无锡已经站稳脚跟的范蠡携带家眷放弃在无锡创办的事业悄然北上进入齐国，并且改名为"鸱夷子皮"。

齐国距离越国较远，而且地处水陆交通要道，商旅频繁，《史记》中曰："齐带山海，膏壤千里，宜桑麻，人民多文采、布帛、鱼盐。"范蠡决定在此经商发展。他匆匆安顿之后便埋头苦干，利用这里近海的优势，"耕于海畔，苦身勠力"，采用先进的生产技术，除了种植粮食外，主要从事盐业生产和海产品的贸易，以及皮货的加工与销售。在流通环节上，他总结出了农业生产中的"六岁穰，六岁旱"的农业循环学说，以及物价观测、贵出贱取等经商致富的"积著之理"。范蠡凭借其独有的商业智慧和经商谋略，瞄准市场，多种经营，抢抓机遇，没有经过多长的时间，便"致产数千万"，声名大噪。

范蠡的成功，立即引起了齐国国君的注意。为了发展齐国经济，齐君决定任命范蠡为副宰相，协助处理齐国经济方面的政务，范蠡无奈只好答应。然而任相不到三年，范蠡看出齐国相国田常嫉贤妒能，再加上自己已失去对官场的兴趣，便向齐君归还相印，再次退出政坛。他感叹说："居家则致千金，居官则致卿相，此布衣之极也，久受尊名，不祥。"他对自己治国齐家的行为已经很知足。辞官后，范蠡担心在齐国遇到麻烦，于是将自己大部分的财产分给了好友和四方乡邻，自己带着家人，"怀其重宝"，悄然离开齐国。正所谓"千金散尽还复来"，对自己的才能充满自信的范蠡，不为权势所诱，不为金钱所累，潇洒逃脱了是非之地。

离开齐国之后，范蠡与家人到达了"天下之中，诸侯四通"的陶邑，即今天的山东定陶（当时属宋国）。这里水陆交通方便，是各个诸侯国的物资集散中心，而且这里土地肥沃，生产发达，物产丰富，是经商治生的理想之地。范蠡决定在这里实现他的商业梦想，并安然度过晚年。此时范蠡化名"朱公"，被人尊称为"陶朱公"。

范蠡在定陶定居后，仍然以发展农业和畜牧业为主，同时把握市场商机，贱买贵卖，对各类商品的贸易都做得游刃有余，同时坚持贸易货物质量上乘，诚信经营，薄利多销，日积月累，资产竟然达"巨万"，成为中国历史上第一位亿万富翁。《史记·越王勾践世家》记载："复约要父子耕畜，

废居，候时转物，逐什一之利。居无何，则致资累巨万。”经商致富的范蠡，不仅每年都会拿出一半的资产接济乡邻，而且会传授他们致富的经验和技术，带领大家共同致富，受到人们的尊敬与爱戴。当时，有一位叫猗顿的贫寒书生在范蠡的帮助下，“十年之间其息不可计，富如王公，驰名天下”。

公元前454年，在政治上叱咤风云，在商业上终成一代巨贾，在定陶生活达十九年之久的范蠡，以八十七岁高龄溘然长逝，结束了他传奇的一生。在之后的中国历史上，无数的后人在追忆、总结这位先人给我们留下的处世之道、经商秘诀，无不为他淡然高洁的品性所折服。唐代诗人王尊还为他成功、传奇而且充满智慧的一生赋诗曰：

已立平吴霸越功，片帆高扬五湖风。
不知战国官荣者，谁似陶朱得始终。

六、陶朱事业，商海神圣

范蠡一生三迁，从楚国到越国，从越国到齐国，再从齐国到宋国的定陶，“所至必成名”。古往今来，人们尤其是对他在退出政坛以后在商业领域取得的巨大成功，表示赞赏和叹服，并从他的商业生涯中大致总结了几点值得我们借鉴的商业智慧：

一是把握时机，候时转物。

在经商活动中，范蠡真正理解到了市场规律的本质，提出了众多经济理论，比如总结出“六岁穰，六岁旱，十二岁一大饥”的农业经济循环论，“夏则资皮，冬则资絺；旱则资舟，水则资车”的“待乏”（逆市经营）原则，“论其有余不足，则知贵贱。贵上极则反贱，贱下极则反贵。贵出如粪土，贱取如珠玉”的价格理论，“夫粜，二十病农，九十病末。末病则财不出，农病则草不辟矣。上不过八十，下不减三十，则农末俱利”的定价政策，能够将其灵活运用从而获得成功。

范蠡在离开越国，准备在商业领域一展身手时，不论是无锡、齐国，还是最后的定陶，这些地方均地理位置优越，自然资源优势明显，为从事农业生产和商品贸易提供了理想的条件。范蠡注重商业环境的选择，是他在商界取得成功的基础。

俗话说，商场如战场。范蠡认为：“从时者，犹救火、追亡人也，蹶而趋之，唯恐弗及。”“得时无怠，时不再来，天予不取，反为之灾。”（《国语·越语下》）时机稍纵即逝，作为商人一定要看准时机，果断出击，才能够取得最大的效益。范蠡之所以在每一次经商活动中都能够取得成功，就是因为他能够捕捉到市场商机，并在各个环节及时处理所遇到的问题。在进货与出货方面，范蠡提出“贵上极则反贱，贱下极则反贵。贵出如粪土，贱取如珠玉”，也就是说当货物极贵之时，要能当机立断，把货物看成粪土一样尽可能地抛出，否则将会遭受损失。而当某种商品的价格跌到一定程度或者货源充足时，要果断出手，及时购进，不要期望价格会一直跌下去，以免错失进货良机。这样进进出出，不仅调剂了市场供求，稳定了物价，而且均能够获取最高的利润。

二是多种经营，薄利多销。

范蠡还提出“无息币”“财币欲其行如流水”的商业法则，力求加速商品的周转次数，使得同量的资本在一定时间内能做更多的生意，从而在扩大购销中去增加利润的总额。因此，他坚持多种经营，及时了解市场供求状况，频繁从事各种商品的经营。

商人无不以追求利润的最大化为目标，但“君子爱财，取之有道”。范蠡坚持薄利多销的原则，“逐什一之利”，在我们看来利润实在是太微薄了，但是范蠡能够坚持下来，通过多种经营，加快资金周转等手段，日积月累，终成一代富豪，而且得到了消费者的信任，不能不说这里面隐藏着过人的商业智慧。

三是诚信经营，以德立商。

范蠡提出著名的“积著”理论，“积著之理，务完物，无息币，以物相贸易，腐败而食之货勿留，无敢居贵”。范蠡坚持诚信经营，要求所经营的商品一定保证质量，储存的货物一定保证在一定的时间内加快商品的流通，不能为了追求更高的价格而囤积，使货物变质。

人们一直奉范蠡为商业鼻祖，除了因为他在商业领域取得了巨大成功，提出来很多商业理论之外，还有一个重要原因是范蠡能“富好行其德”。他舍弃了越国的高官厚禄，到齐国、宋国的定陶艰苦创业，孜孜不倦地从事农业、畜牧业、水产养殖业，都取得了巨大的成功，其目的不在于赚钱而在于实现其自我价值。他从不为金钱所累，去齐至陶时便“尽散其财，以分与知友乡党”；居陶经商，“十九年之中三致千金，再分散与贫交疏昆弟”。司马迁深为范蠡这种超然物外的境界所折服，称其为“富好行其德”。

范蠡一生用他豁达淡然的人格品性、勤劳坚韧的创业精神、丰富超拔的经商智慧以及富而好施的高尚情操，开创了我国几千年来的儒商之风。

商祖——白圭

战国时代，群雄并起，社会发生了巨大变化，新兴的封建地主制度在各国相继建立，生产力得到较快发展，社会商品不断丰富，从而使商业贸易出现了勃兴的局面。在人才辈出、各领风骚的战国时代，随着商业的不断发展和繁荣，一大批商人开始走上历史舞台。他们中间不仅有“结驷连骑”、累财巨万的大商人，也有引领中国商业发展的商业理论家；不仅有尔虞我诈、为富不仁的奸商贪贾，也有经营有术、以仁为本的诚贾良商。白圭不仅在战国时代充满奸伪之气的商业领域激浊扬清，成为良商诚贾的杰出代表，而且总结出一套成功的商业理论，为后世经商者所师法，被后世尊奉为“治生祖”和“人间财神”。宋真宗曾封他为“商圣”。

司马迁则以他的千秋史笔将这位大商人连同他的商业理论写进《史记》，从而为我们今日了解白圭在那个久远年代的所行所思提供了宝贵的史料。他对这位在商业领域的伟大开拓者和实践者给予了很高的评价："天下言治生者祖白圭。""白圭其有所试矣，能试有所长，非苟而已也。"

白圭大约生于公元前463年，又名丹，出生在东周的都城洛阳，曾在魏惠王初期任魏国国相，有着高超的治政才能，其间因治理魏都城大梁的黄河水患而青史留名，自认为治水才能比大禹高超，其所说的"千丈之堤，以蝼蚁之穴溃"成为千古名言。后因魏国政治腐败，他毅然辞官，游历了中山国和齐国等地，均因这些国家没有多少发展前途而婉言谢绝了当政者的邀请。之后，他来到日益强大的秦国，由于他极力反对秦国当时推行的商鞅变法，于是再次放弃做官，转而走上了经商之路。

对于这位已经离我们十分久远的传奇人物，面对寥寥的历史资料，我们只能从其流传于世的商业理论中追踪他辉煌的人生轨迹，分析他的这些理论对我们当今商业活动的指导意义。

一、智勇仁强，熔铸商魂

告别政治舞台后，白圭回到自己的故乡洛阳这座繁华的都市，潜心商业经营，不仅积累下了大量的财富，而且提出了诸多商业理论，逐步奠定了他的商业领袖地位。于是，各地的好学之士和商人纷纷慕名向他请教，而对于这些人，白圭则明确表示：“吾治生产，犹伊尹、吕尚之谋，孙吴用兵，商鞅行法是也。是故其智不足与权变，勇不足以决断，仁不能以取予，疆（同强）不能有所守，虽欲学吾术，终不告之矣。”他的意思是说，经商和孙吴用兵、伊尹和吕尚筹划谋略、商鞅行法没有两样，都可以抽象出“智勇仁强”四个字来。要做一名成功的商人，必须具备智、勇、仁、强四个条件。如果你没有那么高的素质，即使想向我请教经营之术，我也不会告诉你。

尽管从表面言语上感觉白圭对商人的基本素养提出的条件相当苛刻，但是仔细分析当时经商秩序混乱、商人素质良莠不齐，充满欺行霸市、尔虞我诈之气的商业状况，我们不禁为白圭的勇气和智慧所感慨，他的这一思想无疑在当时犹如一溪清流，起到了激浊扬清的巨大作用。

一个缺乏智慧和谋略的人是很难在商业领域中做出成就的。商场如战场，瞬息万变，商人必须具有高超的分析形势和驾驭市场的能力，方能纵横驰骋白圭提出的“乐观时变”的主张，就是说要留意观察不同时期的市场供求和价格变化，同时他又根据这些变化总结出了一套商业规律，百试不爽，充分显示了他的商业智慧。

经商如作战，发现时机来临，要勇于做出决策，迅速行动，“趋时若猛兽鸷鸟之发”。在机会面前畏首畏尾，只能错失良机。商机不会经常出现，而且稍纵即逝，一个成功的商人必须牢牢抓住，以果敢的精神和敢于冒险的勇气果断采取商业行动，才能成就一番大事，赚取丰厚的财富。

在经商活动中，商人还要有高尚的经商道德。在白圭看来，经商不仅是要谋取利益，更是一种仁行。一个商人做人做事要放长远，只顾眼前小利，鼠目寸光，最终不会有所成就。白圭一生始终怀着一颗仁慈之心经商，主张薄利多销，成为战国时期诚贾良商的杰出代表。新粮下来之时，为了应对官府种类繁多的苛捐杂税，本已生活困苦的农民往往只能忍痛卖掉粮食，而当时很多商人趁机杀价收购，弄得这些农民雪上加霜，借债度日。到了灾荒之年，没有余粮的农民只能到市场买粮食生活，而一些奸商则囤积居奇，等待粮价的暴涨。面对这一状况，白圭总要在新粮下来之时以高出其他商人的价格购进粮食，而在灾荒之年又大量以低价将粮食卖出。正所谓"时贱而买，虽贵已贱，时贵而买，虽贱已贵"。这一做法，不仅对市场物价起到了调节作用，而且得到了农民和普通消费者的拥护，树立了良好的商业形象，充分展示了白圭作为一代商业领袖高尚的商业道德。

经商还要有坚强的意志和毅力，要为了事业的发展不遗余力，百折不挠，坚定不移。经商和领兵作战一样，在商业萧条、缺乏商机的时候，要耐得住性子，耐心等待；在商业行动中，面对不断出现的困难与挑战，必须要有充足的思想准备，具备坚持不懈的意志和吃苦耐劳的精神。无论是初涉商海，还是家累千金，白圭始终生活俭朴，常常“与用事僮仆同苦乐”，从中我们便能看出白圭的优秀商人品质。

根据智、勇、仁、强这四个条件，白圭经过认真严格的挑选，招收商业学徒，始终坚持以高尚的道德规范要求自己和自己的学生，为我国两千多年前商业的崛起与繁荣做出了极大的贡献，更被后世尊为学习的榜样。白圭关于商业素养的论述是对中国传统商业文化精神的高度概括，是熔铸中华商魂的根本所在，是宝贵的商业文化遗产。

二、乐观时变，治生有术

司马迁在《史记·货殖列传》中一句“天下言治生者祖白圭”，将白圭推上了“治生”鼻祖的崇高地位，而白圭也确实有一套自己的治生理论。他说：“吾治生产，犹伊尹、吕尚之谋，孙吴用兵，商鞅行法是也。”其治生的核心便是“乐观时变”。其中“时变”指的是农业经济形势的变化，“乐观”便是以一种积极的态度去研究和把握“时变”。白圭一是承认“时变”，二是能够积极去研究“时变”，三是顺应“时变”。相对于那些整日为市场形势变化莫测而提心吊胆的商人来说，白圭对于市场总能够冷静观察，沉着应对，以积极的态度研究出一套被后人尊崇的“治生”之术，显示了他高人一筹的商人智慧。

一是继范蠡之后，他总结了一套农业经济循环理论。他根据古代岁星纪年法和五行理论，运用天文和气象等知识，总结出一套农业丰歉的规律：“太阴在卯，穰；明岁衰恶。至午，旱；明岁美。至酉，穰；明岁衰恶。至子，大旱；明岁美，有水。至卯，积著率岁倍。”意思是说，在十二年一个周期里面，农业经济形势有发展变化的规律，一般每三年将会出现一次较大的变化，比如，前三年是好年景，那么此后的第三年往往是大旱之年，而大旱之年之后又是大涝之年，涝年过后又是好年景。虽然在今天看来，这些规律的总结缺乏其科学性和必然性，但在古代科学技术落后的情况下，白圭能够根据自己的观察并结合五行理论，研究丰歉矛盾转化的必然性，去积极把握农业生产规律，有其积极和明智的一面，而且对其经营方针的制定产生了重大影响。

二是根据市场变化规律制定独特的经营方针。根据这些规律，他不仅指导农民及时调整农业生产结构，而且制定了一套科学合理的经营策略：“夫岁熟取谷，予之丝漆；茧出取帛絮，予之食。”就是说，在丰年，粮食供大于求，就要大量购进粮食，而丝漆等农副产品就要卖出了，因为人们在丰年之后就有余钱置办家具和添置衣服了。而在蚕茧丰收的时候，正是青黄不接的时候，粮食求大于供，就应该出售收购来的粮食，买进茧絮丝帛。在白圭的经营决策中尽管投资的时段相对较长，从而使利润的回报周期延长，但是这套理

论牢牢把握了市场的主动权，不仅增加了市场的商品流通，方便人民生活，而且赢得了良好的市场口碑，成为一套稳赚不赔的铁律。

三、薄利多销，人弃我取

在白圭生活的年代，商人们总喜欢用眼睛盯着生活奢华的达官贵族，而往往忽视饥寒交迫的农民这个庞大的消费群体，白圭则反其道而行之，以智慧的目光一生专注经营农副产品，始终怀着一颗仁慈之心，坚持薄利多销，人弃我取，在奸商充斥的商界树立起了诚贾良商的良好形象。

在古代，由于灾荒、战争、赋税的影响，一到粮食收购季节，农民总要为解燃眉之急而忍痛出售大批粮食，这时总有奸商压低收购价格，而白圭总会以高出市场的价格收购谷物，而在青黄不接之时或者歉收年景，他又会大量地将收购的谷物低价销售，避免奸商借机哄抬物价。尽管这样的经营策略会使利润大幅缩水，但由于粮食是古代的第一大商品交易品种，而农副产品的销售对象又是生活节俭的平民百姓，薄利多销非常具有经营优势，不提高商品价格，而是通过加快商品流通和扩大销量的方法，照样能够获得不菲的收入，而且“时贱而买，虽贵已贱，时贵而买，虽贱已贵”。同时，白圭的这一经营策略客观上起到了调剂市场价格、增加商品流通的作用。

“人取我予”也是白圭商业思想的核心，而且已经成为后世商人尊奉的基本商业策略。在人们认为一些商品没有什么价值或者还要贬值的时候，往往会不惜血本而大量抛售，而白圭总会在这时候伺机而动，大量购进。当然这要建立在对市场的准确研判上，要分析出这种商品潜在的热销可行性。“人取我予”的经营方针，不仅能够使进价和预期的销售价格之间空间巨大，能够获得巨额利润，而且客观上使货物得到流通，人民生活需求得到及时满足。

有一次，商人们都在一窝蜂地低价抛售棉花。白圭看到这样的情况，为了保护棉农利益，他吩咐僮仆挂出收购棉花的招牌，将市场的棉花悉数买回，甚至由于棉花太多而只好花钱租房存放。此时卖完棉花的商人又开始用资金大量收购皮毛，因为他们听说皮毛要涨价了。而白圭则迅速将手头的存货全部卖给了这些商人。不久，由于连绵阴雨，棉花严重歉收。市场上棉花紧缺起来，那些本来已经卖完棉花的商人又开始四处收购棉花。而白圭不慌不忙，拿出储存的棉花投放市场，赚了个盆满钵满。而过了一段时间，本以为要涨价的皮毛价格则一落千丈，商人们担心价格再跌下去，只好赔本抛售。

从白圭的经营策略和经营效果中，我们不难发现，作为一个商人，如果人云亦云，盲目跟风，只能一败涂地；在别人贪婪的时候谨慎一些，在别人恐惧的时候大胆一点，冷静观察市场变化，保持对市场的警惕性和预见性，采取“人取我予”的方法，就能够纵横商海，获得成功和财富。

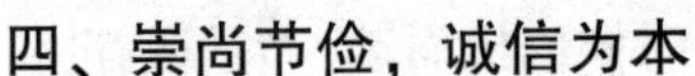

四、崇尚节俭，诚信为本

白圭用政治和军事的谋略经营商业，从大处着眼，通观全局，在经营上从不嫌弃小惠小利，也从不靠诡计进行欺诈。他“欲长钱，取下谷；长石斗，取上种”，放长线钓大鱼的商业思路，一方面处处为消费者着想，一方面又提高了自己的商誉和赢利能力，令无数奸商无地自容。

《史记·货殖列传》中记载，白圭一贯主张“欲长钱，取下谷；长石斗，取上种”的经济思想。他认为，谷物是平民百姓一日三餐的必需品，在生产条件和富裕程度低下的情况下，普通的消费者只要能够填饱肚子就可以了，他们总会选择那些质量差一些、价格便宜点的谷物，而作为经营者就要迎合他们的心理而选择下等谷物。而为了来年取得好的收成，选择上好的种子则是必须的，这样才能增加产量，卖上好价钱，才能使平民百姓积累更多的财富。为了创造良好的市场环境，虽然是商人，白圭却能够把关注的目光投向田间地头，投向人们的餐桌，给他们精心指导生产生活。这些都体现了白圭这位商业巨人处处研究消费者，为消费者的实际利益考虑的经营理念。

在流通环节，大量新谷上市的时候，奸商们总会以种种理由压低价格，而白圭总是能够以高于其他商人的收购价格收购新谷；而遇到歉收的年景，奸商们囤积居奇，他又会将大量谷物以低于市场价格出售，帮助人们渡过难关，客观上平抑了物价，避免老百姓生活受到大的影响。这种经营方法，白圭自称为“仁术”，其实是一种良好商业道德的具体体现。正是坚持诚信为本的经营理念，处处照顾消费者的利益，才使白圭的商业形象日益深入人心，“薄利多销”之后依然赢得了滚滚财源，而且将美名永远刻在了历史的铜铭竹简上。

商业上的巨大成功使白圭积累了大量的财富，在人们享乐意识强烈的古代，白圭在生活上又给我们展示了一个独特的商人形象。白圭是一个能够节制欲望的理性的人，具有杰出商人和领导者的气质。他不讲究吃喝，能控制住自己的嗜好，平日生活节俭、穿戴朴素，甚至与雇用的奴仆同甘共苦。然而他的商业判断却令人叹为观止，捕捉赚钱的商机就像猛兽雄鹰捕捉猎物那样迅捷。无论是在刚刚起步未完成资本积累阶段，还是在后来家财无数的阶段，白圭始终能够“薄饮食，忍嗜欲，节衣服”，不摆阔，崇尚节俭之风。他之所以这样崇尚节俭，不仅仅是因为他潜心研究商业理论，无暇追求吃喝享乐，更在于他认识到作为一个领导者，应该

放下架子，吃与下属无别，穿与他们一样，才更容易与他们消除主仆之间的隔阂，激发他们工作的热情，从而形成团队合力，创造出理想的经商环境。白圭一生积财无数，却能够坚持“与僮仆同苦乐”，不仅感动了他身边的仆人，使他们积极地从事商业经营，而且为当时和后世的商人树立了光辉的典范，造就了一批批诚贾良商。

后世无数史家还有商人对于堪称“中国第一商人”的白圭进行研究，司马迁在《史记·货殖列传》中说：“白圭其有所试，能试有所长，非苟而已矣。”就是说他曾经过商，有过实际的经商实践，而且他还十分善于经商，取得了实际的成效，他的经商理论并不是纸上谈兵，而是颇有见地的。他的理论对后世产生了极大的影响，明清最大的商帮徽商还保留着许多白圭的遗风。近代著名的民族资本家荣宗敬恪守“人取我予”的经商原则，南洋著名华侨陈嘉庚所奉行的“人弃我取，人争我避”的经营思想，都是对白圭商业理论的继承和发展。这些无不说明其商业理论的现实指导意义。

后人大体将其商业理论概括为：

1. 关于商品价格：上下波动是物价运动的基本形式，“贵上极则反贱，贱下极则反贵”；商品供求状况决定物价的高低，“论其有余不足则知贵贱”，供给是主要矛盾，供多于求就是有余，供不应求则是不足；商品供给多少是由农业生产的丰歉情况决定的；物价的高低变化是可以预测的，只要观察和推测到岁星将要到达的方位，就可以推测出农业生产的丰歉，也就可以推测出物价升高还是降低，变贵还是变贱。

2. 关于商业经营策略：不论是“旱则资舟，水则资车”，还是“人弃我取，人取我予”，都是在商品有余，价格低廉时购买，而到商品缺乏，价格昂贵时售卖；趋时迅捷，不错过良机，“贱取如珠玉，贵弃如粪土”，“若猛兽鸷鸟之发”，“乐观时变”，“与时逐而不责于人”。

3. 关于商人的基本素质：“智”，要求商人具备善于分析形势、及时采取正确经营策略的智慧；“勇”，要求商人行动果敢，勇于决策，在商业活动中畏首畏尾，肯定失败；“仁”，用优质商品和服务对待顾客，而不要像一些奸商那样。对待下属、供应商和其他一些对我们有恩惠的人要舍得施与；“强”，能有所守，要求商人具有坚强的意志和毅力。而对白圭其人，则有人总结出其十大商人品格：一是深谋远虑，二是方针明确，三是随机应变，四是勇敢果断，五是决策明智，六是坚毅不屈，七是善于组织实施，八是办事有章法，九是生活俭朴，十是与下属同甘共苦。

对于白圭这位古代商界奇才以及他所创立的商业理论，尽管他生活在封建社会的萌芽阶段，不免有消极的传统观念，但整体而言，其“乐观时变”“人取我予”的核心思想至今依旧闪烁出绚丽的色彩。白圭作为“诚贾良商”的代表，开创了我国商业道德的优良传统。与那些狡诈奸伪、投机倒把、乘人之危、巧取豪夺的奸商截然相反，他注重商业信誉，关心消费者，努力提高服务质量，讲究以诚实劳动致富，这些无不成为我国优秀的商业道德传统。尽管白圭也主张在竞争中为谋取利益应该储备物资即“待乏”的原则，但他更强调要坚持“人取我予”的原则，与奸商的囤积居奇有本质区别，在客观上调剂了市场供求关系，平抑了物价，更赢取了良好的市场口碑。在当今经济全球化、商业贸易日益频繁的时代，我们更应该认真研究白圭留下的宝贵的商业理论，讲究经营策略，重视调查研究，视顾客为上帝，牢牢把握市场的主动权。

儒商之祖——子贡

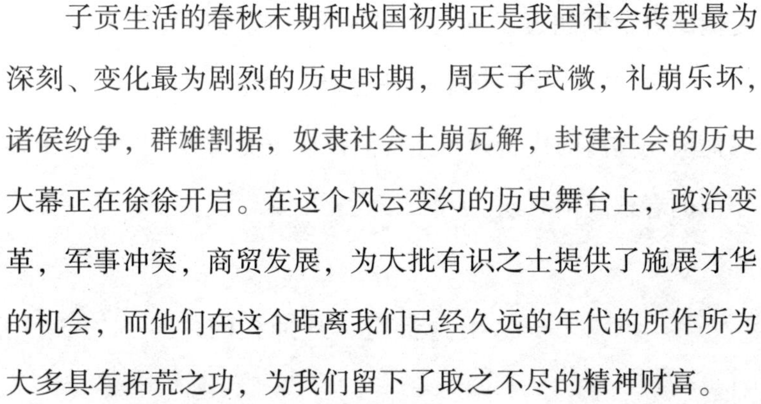

子贡生活的春秋末期和战国初期正是我国社会转型最为深刻、变化最为剧烈的历史时期，周天子式微，礼崩乐坏，诸侯纷争，群雄割据，奴隶社会土崩瓦解，封建社会的历史大幕正在徐徐开启。在这个风云变幻的历史舞台上，政治变革，军事冲突，商贸发展，为大批有识之士提供了施展才华的机会，而他们在这个距离我们已经久远的年代的所作所为大多具有拓荒之功，为我们留下了取之不尽的精神财富。

子贡是我国传统儒学开创者孔子三千弟子中的佼佼者，十哲之一。他一生“家累千金”，秉持“君子爱财，取之有道”的理念，竟能“所至，国君无不分庭与之抗礼”，致富后则秉持“富而好行德”的理念，爱国、爱民，创造了足以令无数大商巨贾顶礼膜拜的儒商精神，“端木生涯”和“陶朱事业”后来成了儒商的代名词；他能言善辩，口若悬河，纵横列国，成功导演了一出“存鲁，乱齐，破吴，强

晋，霸越”的历史大戏，改变了中国历史的进程，推动了历史的发展，成为战国策士游说的楷模，开纵横家倾危变幻之先河；他拜孔子为师后，虚心求教，资助并随同孔子周游列国，与孔子建立了深厚的感情，孔子死后，他独为尊师守墓六载，之后到处宣扬孔子儒学，并将与孔子的对话整理成文，终成我国传统文化典籍中的奇葩——《论语》。

一部《论语》，提到子贡44次，仅次于子路的47次，司马迁为孔子的门生所作的传记中，子贡虽然名列第八，但是他所占篇幅超过了前七人的总和，成为司马迁笔下的宠儿。子贡何以让大学问家司马迁费心用墨？“端木生涯”又因何成为儒商的代名词？让我们拉近历史镜头，回到两千多年前的春秋战国时期……

一、出身贵府，拜师孔门

公元前520年早春的一天，位于卫国浚地钟灵毓秀的大邳山西麓的端木府内高朋满座、喜气洋洋，人们都在为端木巨中年得子前来庆贺。端木巨则按照习俗在大门悬挂弓箭等物，希望自己的宝贝儿子将来能够顶天立地、光宗耀祖。正值大家举杯畅饮之时，只听礼官通报卫灵公的宫使也送来了贺礼，国王送来的凤麟和玉佩更是将喜宴推向了高潮。

原来端木巨的祖父端木广单曾被卫国聘为客卿，而端木巨又辅佐卫灵公，因“匡君泽民”而被称为“卫之贤大夫”，同时他还往来于诸侯各地易货经商，家财万贯。夫人蘧氏的父亲蘧伯玉乃是卫国四朝元老，他为政清廉，在朝中威望颇高，这样一个地位显赫的家族喜得贵子，卫灵公当然会有一番表示了。无上荣光的端木巨为了纪念国君为儿子送贺礼这一盛事，当即与夫人商定，为儿子取名赐，字子贡，希望将来儿子能够为国尽忠，为民造福。

子贡一天天长大，七岁的时候父亲便给他请来了私塾先生，教授他学习算数和写字。而聪颖好学的子贡仅仅跟随先生学习了两年便将先生所掌握的东西烂熟于胸，无奈先生只好向端木巨请辞，让其另请名师，以免延误孩子前程。子贡在外祖父的关心下，之后拜师于外祖父的谋士冉宏学习历史和政治。同时，在学习之余，遇到重大的商业活动，端木巨总会带子贡参加，教授他商业技巧，认识商界人物。十几岁的子贡在父亲和外祖父的精心培养下，逐渐成长为一个风流倜傥、能文会商的少年俊才。

经常随父远道经商的子贡，目睹春秋末期战乱的凄惨景象，洞悉人间的善恶冷暖，久而久之，对自己未来的人生也有了清晰的目标：如果有两国军队打仗，双方摆开阵势，尘土飞扬，遮天蔽日，我不必带什么武器，巧妙周旋，终使两国化干戈为玉帛，能够使人们远离战争；如果有了天灾人祸，能够率领自己的商队，一边到各地去做生意，一边将自己的积财赈济黎民百姓，使人民安居乐业。有了远大的人生目标，子贡便感到先生冉宏已经不能满足自己对知识的渴求，他需要积蓄更丰富更全面的知识为自己的理想奠基。看到外孙的烦恼，蘧伯玉便推荐子贡到鲁国到当时已经声名显赫的孔子门下求教。

公元前 503 年，十八岁的子贡带着外祖父写给孔子的书札，风尘仆仆地踏上了求学之路。经过几天的跋涉，终于找到孔子，并顺利行了拜师礼，成为孔子的学徒。从此，这个年轻人开始了全新的学习生活，他的人生也翻开了崭新的一页。

孔子聚徒讲学开设有“六艺”，以礼、乐、射、御、书、数为教授科目，以《诗》《书》《礼》《乐》《易》《春秋》“六经”为教科书，同时根据学生的个性和特长，实行分科教学，设德行、言语、政事、文学四科，子贡主攻言语科。孔子的学徒来自五湖四海，处在社会的各个阶层，有着不同的社会阅历，他们之间总有说不完的新鲜话题。孔子的课堂又是开放、灵活的。在良好的学习氛围中，子贡感到无比的兴奋，在理想目标的驱使下，如饥似渴地学习各门功课，不断地向孔子求教，不久便在三千学徒中崭露头角。

子贡对学富五车的孔子极其尊重和佩服，感叹孔子内心深处匡扶君王的方略之丰富和其知识之广博，一有机会便向老师虚心求教，而且总能做到举一反三，以理解孔子思想的真谛。学习期间他向老师所提问题极为宽泛，而且喜欢打破砂锅问到底。在《论语》中，我们可以看到既有问“政”的，又有问“士”的，既有问“仁”的，又有问“友”的，而孔子对这个敏而好学的徒弟的问题总能耐心地一一解答，比如施政要“足食，足兵，民信”，交友要在得到帮助和教诲后，时时给朋友一些忠告，帮助朋友进步，等等。

经过几年的刻苦学习，子贡已经是一个知识广博、才华出众的才子，说起话来与老师一样“侃侃如也”。孔子对子贡的喜爱之情也溢于言表，对其给予了很高的评价。当子贡问老师自己是一块什么材料时，孔子则回答，可以称得上是“瑚琏”之器。瑚琏乃王公贵族眼中的名贵祭器，可见孔子对子贡的评价之高。有一次有人问孔子：“子贡何如人也?”孔子则答道：“他是个能说会道的人，我孔某说不过他。”孔子还表示：“自从我得到了子贡，远方的学生纷至沓来，犹如车轮上的辐辏集中到了轴心上来。”可见孔子与子贡师徒之间已经开始互为欣赏了，两人的情谊也日渐加深。

鲁定公为了巩固政权，提高在诸侯国中的地位，于公元前 501 年任命孔子为鲁国大司寇，主管国内刑法。两年后在孔子的引荐下，子贡被聘为鲁国大夫，帮助孔子处理政务。师徒为政期间在鲁国推行了一系列重大改革措施，采取礼治德化和政令刑罚兼重的方法，打击了鲁国的邪恶势力，社会风气明显好转，经济开始呈现繁荣景象。

二、纵横列国，聘享诸侯

鲁国在孔子和子贡的辅政下逐渐繁荣，这引起了齐国的注意，齐国采取离间的手段，送给鲁定公美女骏马，麻痹鲁定公，而鲁定公不听孔子的良言直谏，居然整日沉湎于声色犬马之中，朝政日渐荒废，同时也渐渐疏远了孔子和子贡。

为政两年有余的孔子在善于洞悉时局的子贡的劝说下，与子贡两人遗憾地辞去官职，离开鲁国。之后孔子带领十多个弟子到了卫国，希望在那里实现他们的政治主张。令师徒没有想到的是，这一决定竟然开始了他们长达十余年之久的周游列国生涯，他们一路风餐露宿，颠沛流离。

公元前 488 年，子贡应鲁国邀请担任主持外交事务的大夫，于是含泪告别十几年来一起颠沛流离的老师，希望能在事业上闯出一番天地。在鲁国站稳脚跟后，子贡于公元前 484 年终于争得鲁哀公和季康子的同意，将孔子迎回鲁国，使其结束了长达十四年的游历生活。

孔子一行首先到达卫国，刚开始受到卫灵公礼遇，后又受监视，只好到陈国和晋国，因晋国内乱，之后又折回卫国，但是此时由于卫灵公刚刚去世，宫内为争夺君位闹得不可开交，他们的到来没有受到重视，无奈之下只好再次另寻他国。此时正值春秋末期，各个诸侯国均处于剑拔弩张、相互吞并征伐的战争煎熬中，孔子他们每到一处皆受尽白眼，始终找不到理想之地。善于经商的子贡在旅途中不断捕捉商机，在所到之处贩卖一些珠宝等物品，从而为他们师徒的生活提供了资金支持，为在各个诸侯国宣扬孔子的政治主张起到了关键性作用。他们先后游历宋、滕、魏、齐、梁诸国，之后在子贡的游说下，方说服楚昭王，在楚国暂时安顿下来。

公元前483年秋天，齐国大夫田常企图作乱，但是势力强大的高氏、鲍氏、田氏等几个家族从中阻挠，田常便想将他们派出去攻打鲁国，以消除国内的敌对势力。孔子听说后，便为自己的父母之邦鲁国担心起来，希望弟子中有人挺身而出，为鲁国化解危机。当时已经在外交活动中取得不俗成绩的子贡自然成了不二人选。

到了齐国后，子贡便向田常直言道：“鲁国不是好打的，如果您偏要打它，我看会弄巧成拙。”而田常冷笑道：“我倒要听听你的高见。”子贡不慌不忙地说：“您攻打鲁国不就是为了消灭国内的对手吗？鲁国国小君弱，您的对手一仗下来便可取得胜利，这样他们的功劳会更高，势力会更大，而您与齐侯的关系会更加疏远。”一句话让田常茅塞顿开，一改傲慢姿态，恭敬地对子贡说：“可是军队已经出发，该怎么收回军令？”子贡说：“这个不难。吴国不是一个现成的对手吗？那里兵精粮足，足以达到消灭政敌的目的。如果

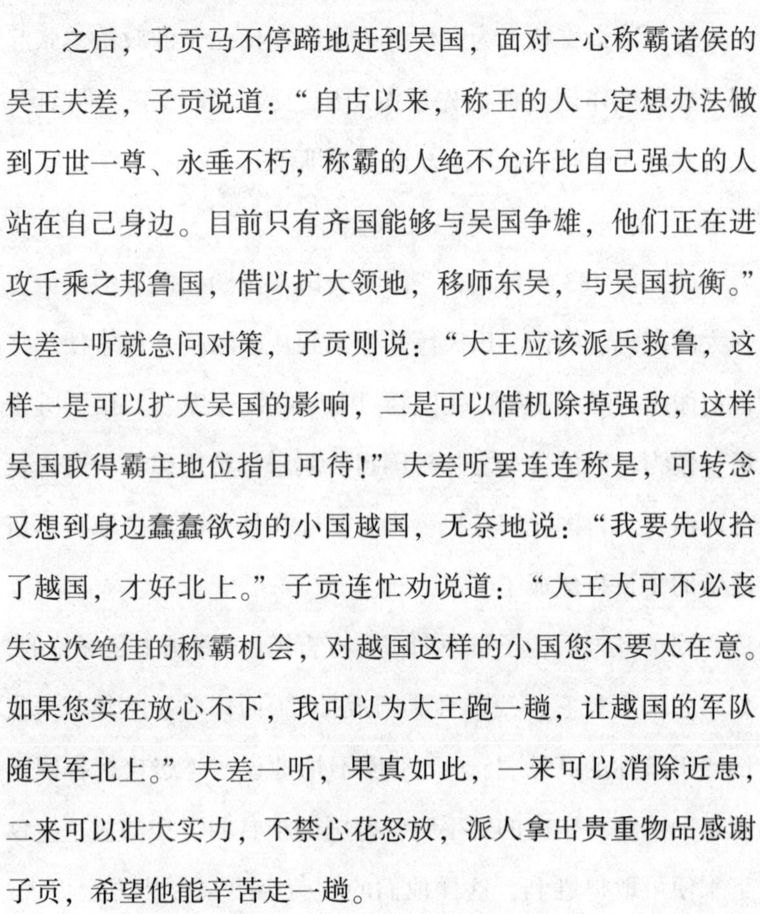

您答应，我去说服吴王夫差来救鲁国，这样您就可以名正言顺地转战吴国了。”对子贡的计谋充满敬佩和感激之情的田常，临别时执意送给子贡大批贵重物品，而子贡一概谢绝。

之后，子贡马不停蹄地赶到吴国，面对一心称霸诸侯的吴王夫差，子贡说道：“自古以来，称王的人一定想办法做到万世一尊、永垂不朽，称霸的人绝不允许比自己强大的人站在自己身边。目前只有齐国能够与吴国争雄，他们正在进攻千乘之邦鲁国，借以扩大领地，移师东吴，与吴国抗衡。”夫差一听就急问对策，子贡则说：“大王应该派兵救鲁，这样一是可以扩大吴国的影响，二是可以借机除掉强敌，这样吴国取得霸主地位指日可待！”夫差听罢连连称是，可转念又想到身边蠢蠢欲动的小国越国，无奈地说：“我要先收拾了越国，才好北上。”子贡连忙劝说道：“大王大可不必丧失这次绝佳的称霸机会，对越国这样的小国您不要太在意。如果您实在放心不下，我可以为大王跑一趟，让越国的军队随吴军北上。”夫差一听，果真如此，一来可以消除近患，二来可以壮大实力，不禁心花怒放，派人拿出贵重物品感谢子贡，希望他能辛苦走一趟。

子贡谢绝吴王美意，紧接着到达越国。越王勾践则连忙整修道路，亲自到国界迎接子贡，诚恳希望这位闻名遐迩的大学问家能为越国的未来发展出谋划策。子贡则首先将吴王夫差将要攻打越国的消息以及他如何劝说夫差放弃念头直接北上的经过详细讲给勾践，并深刻分析了越国的危险处境与化险为夷的办法，把尚无力与吴国抗衡的越王说得感激涕零，决定派文种到吴国表示愿意跟随吴军北上，同时又拿出黄金珠宝向子贡致谢。

子贡则折身回到吴国，向夫差汇报了使越经过，让夫差吃了颗定心丸。之后，子贡则又风尘仆仆地来到晋国，向晋侯透漏了吴国将要攻打齐国的消息，告诉晋侯要提防吴国攻下齐国后称霸诸侯的政治野心，鼓动晋国加强备战。

在一系列环环紧扣的外交活动中，子贡充分展示了他卓越的外交才能，成功将战火从鲁国引向了吴国，一场空前绝后的诸侯大战在他的精心导演下正式拉开帷幕，之后的事态完全按照他的预料向前发展。司马迁在《史记》中写道："子贡一出，鲁国存，齐国乱，吴国破，晋国强，越国称霸。"

在一连串成功的外交活动中，善于捕捉商机的子贡还顺便做了笔漂亮的大生意。他回到鲁国时已是深秋季节，寒冷的天气使他猛然想到深处南方之地的吴国大批军队北上，肯定要准备大量御寒的丝绵，而吴国的丝绵货源不足，价格肯定要大涨。于是，他迅速组织人员分成几个小分队，马不停蹄地到各地采购丝绵，即刻运往吴国销售。吴国当时正在强征丝绵，子贡的货物一到便立马销售一空。

三、尊师楷模，儒商鼻祖

子贡在拜孔子为师之前便是一名富商，求学过程中敏而好学，由衷地敬佩孔子的学识，总是能够“闻一知二”，深刻领会和把握孔子的思想精髓，成为孔子思想真正的继承者。子贡曾说：“赐终身载天，不知天之高也；终身践地，不知地之厚也；赐之事仲尼，譬犹渴操壶勺就江海而饮之，腹满而去，又怎知江海之深乎！”他将孔子与天地、江海相比。

孔子和弟子周游列国的十几年里，子贡不仅与孔子形影相随，全程给予了极大的财力支持，使孔子能够安心传道解惑，而且他还利用与各个诸侯及上层官员在生意场上形成的关系广泛宣传孔子的政治主张，维护孔子的良好声誉，为儒学的发扬光大做出了不可磨灭的贡献。司马迁说：“夫使孔子名布天下者，子贡先后之也。”

孔子和子贡在长期的共同生活中结下了深厚的师生情谊。公元前479年，当对自己的关爱胜过父亲的孔子去世之时，日夜守护的子贡悲愤交加，痛不欲生。他带领众师弟，花费巨资，厚葬尊师，丧礼的规模超过任何一个诸侯。

孔子死后，子贡又带领众弟子为孔子服丧守墓三年，其间承担了全部弟子的生活开销。在此期间，为了能够将孔子思想进一步发扬光大，子贡还组织弟子们整理了他们的学习札记，一起回忆老师生前教诲，最后由子贡、冉有和曾参执笔，辑录成《论语》这部流传至今、影响深远的传统文化经典，为我国文化事业繁荣发展增添了瑰丽色彩。

服丧三年后，各个师兄师弟相别而去，而子贡仍然割舍不下师生情分，在孔子坟旁盖起一座茅庐，继续在墓园为老师守丧三年。

一天，他在清扫墓园时，发现了一截搭建茅舍的圆木，顿时灵感大发，回忆起尊师的音容笑貌，用捉刀在木料上刻出了孔子的肖像来，仿佛老师就在眼前。后来，随着孔子在各地的影响进一步扩大，不断有学生和王公贵族到子贡处求孔子的肖像。而素有经商意识的子贡在每次有人求请时总会让人留下一些银两，久而久之，竟然积累了一笔不小的收入。在鲁哀公决定为孔子建立孔庙的时候，子贡则慷慨地分四次捐出了全部收入，支持孔庙的建设。

服丧六年后，子贡于公元前 473 年被齐国聘为大夫，携妻子来到齐国。在从事齐国外交活动的过程中，子贡还经常出入鲁、卫、晋、楚等国，兼做珠宝等生意。每次生意前，子贡都能够仔细分析市场形势，精心选择贸易物品，准确把握时机，而且多在各个王公贵族间买卖，总能够取得很大收益。在司马迁笔下，子贡乘坐四马并辔齐头牵引的车子，携带束帛厚礼去访问、馈赠诸侯，所到之处，国君与他只行宾主之礼，不行君臣之礼，可以想见这位大商人是何等潇洒，

何等辉煌！一时间有“天下金银珠宝向子贡钱袋流”的说法。

几年后，也就是公元前456年深秋时节，口善言辞、积财无数的子贡走到了生命的尽头，伴着纷纷飘落的黄叶葬于故乡黎地（今河南浚县）大伾山东麓，终年六十五岁。

子贡一生以齐家治国的气魄、勤奋好学的精神、博济广施的胸怀、尊师重情的美德，留惠人间，驰名后代。宋代著名学者张载曾用“为往圣续绝学，为万世开太平”来高度评价子贡为我国儒学的传播和发展所做出的贡献，历朝历代的帝王不断为子贡封侯赐爵，塑像纪念；而他在商业领域所开创的儒商精神，使后世的商人更愿意用“端木生涯”作为经商的雅称来纪念这位儒商精神的开山鼻祖。

我们不妨对他所开创的儒商精神作如下总结：

一是信奉儒学，亦文亦商。

孔子对子贡的影响可谓至深，使子贡将所学与经商完美结合，达到一种以商养儒、以儒促商的理想境界，不是以财富作为人生的追求，而是在商业经营中以求获得精神上的独立与满足。

青年时期已经身为富商的子贡，不为自己的财富而骄奢炫耀，而是风尘仆仆拜师孔门，而且放弃一切商业课程，专攻语言表达，即《诗》《书》《礼》《易》的言语科，潜心学问，沉醉于文情诗艺之中，一部《论语》足见其学问之深厚，堪称儒学大家。他跳出狭窄的商业领域，用一种文化视角去审视曾经的商业之路，将商业提升为一种文化，从而能够站在人生的制高点去商海搏击，以超然的态度将商海作为实现人生价值的舞台，不经意间“结驷连骑，束帛之币以聘享诸侯，所至国君无不分庭与之抗礼”，从而成就了他在商业领域的辉煌。

二是以仁为本，取财有道。

孔子说：“不义而富且贵，于我如浮云。”“放于利而行，多怨。”一味追求利益、财富，不仅为自己留下怨悔，而且到头来必定如浮云，来得快，去得快。

“仁”就是“仁者爱人”，即尊重人、爱护人、帮助人，与人和谐相处、团结合作。一个经商的人只有怀着一颗仁爱之心与人交往，才能赢得别人对你的忠诚、理解和支持，才能避免尔虞我诈的短期商业行为，以更为高远的视野为商业活动拓展出宽广的领地。

汉代的《盐铁论·贫富》中说：“道悬于天，物布于地，智者以衍，愚者以困。子贡以著积显于诸侯，陶朱公以货殖尊于当世。富者交焉，贫者赡焉。故上自人君，下及布衣之士，莫不戴其德，称其仁。”这里以子贡为例说明了只有在无尽的商业旅途中，才能看出真正的智慧者和笨拙的人。

儒家不反对经商，而更强调“君子爱财，取之有道”。

子贡深刻领悟了儒学这一传统文化的精髓，除了财富，他更看重“义”，在“义”“利”不可兼得时舍“利”取“义”，绝不损害他人、社会和国家的利益。他是古代“家累千金”的巨商，在“无商不奸”的氛围中，总能潇洒自如，一领轻衫，在与各个诸侯显贵商谈国是时，他用善意、用智慧取得了令后人叹为观止的业绩。

三是博施于民而济众。

从子贡辉煌的一生当中，我们可以看出，他重情义，从不吝啬钱物。孔子在世时，尤其在周游列国期间，主要靠子贡经济上的帮助才完成了这一旷日持久的传播儒学思想的旅程。孔子去世后，子贡又拿出钱物与师兄师弟合辑《论语》一书，进而在各国传播推广，这在我们今天看来是一次伟大的文化创意工程，在完成这项工程的过程中，子贡起到了至关重要的作用；他还慷慨捐资孔庙建设，显示出他博大的胸怀和强烈的社会责任感。

他“贫而乐，富而好礼”，经常散发家财来救济民众。《吕氏春秋》中有子贡赎人的故事。当时鲁国有规定，凡有人出钱将在别国沦为奴隶的鲁国人赎回的，国家不仅报销赎金，还给予精神上的表彰。子贡一次在别国做生意，遇到受难的同胞，不仅将他们赎回，而且拒绝领取国家的赎金。他为了鲁国的利益，不为私利，拒绝各个诸侯国的重金馈赠，周旋在齐国、吴国、越国、晋国之间。他创造的这段外交历史更是成为美谈。

起家之时，能够“独善其身”，将金钱视为一种实现自己理想的条件，成功“累至千金”之后，则能够“兼济天下”，遵循取之于社会、用之于社会的信条。这是子贡这位大商人辉煌的人生经历留给后世商人巨大的精神财富。

四是诚信为本。

《论语》中记载了太多关于诚信的忠告：“人而无信，不知其可也。大车无輗，小车无軏，其何以行之哉？”“人之生也直，罔之生也幸而免。”孔子多次教导子贡，为政要“足食、足兵、民信”，为士要“言必信，行必果”。受到孔子的教诲，子贡深知“信”乃立足之本，也是经商之本，没有信用一切皆不可存在。诚信成为儒商必须具备的高尚品格，只有以诚信为根本，施展经商的智慧与谋略，方能在商海中游刃有余，成就事业。

除了以上子贡为我们所开拓的儒商精神之外，我们也不难看出子贡身上所特有的商人气质。一是他利口巧辞，口才极佳，善于与人沟通，能够编织自己的关系网络。二是他善于学习，能够做到知行合一，将所学与自己的实践融会贯通。三是他善于把握经商规律。孔子曾这样评价子贡：“赐不受命，而货殖焉，亿则屡中。”他有一双极富穿透力的眼睛，运用市场规律，抓住市场机会，每做一笔生意必定成功。

商人政治家——吕不韦

让我们把目光投向两千多年前的战国时代：

那是个纵横纷争的时代，各个诸侯国相互攻伐，相互并吞，风起云涌，波澜壮阔；那是个雄才辈出的时代，在时代洪流的淘洗下，一大批政治家、思想家、军事家脱颖而出，成为当时之豪杰，后世之楷模。

他们中间有这样一位：

他是一位商人，敛财万贯，更是以“立主定国”的大气魄，在政治舞台上游刃有余，实现了商人与政治家的完美结合，对中国历史发展产生过巨大的影响。

他召集了大批士人、门客主持编写了一部政论方面的皇皇巨制，不仅为当世的秦始皇帝提供了一套治国方略，而且成为后世各个政治家乃至历代皇帝案头的必备之书。

历史跨过数千年，厚厚的尘埃终无法掩去其人其事其书，他的名字和他所主编的《吕氏春秋》已化为深深的历史烙印，时至今日，愈发光辉灿烂，为世人所瞩目。

他就是本篇的主人公——吕不韦。

一、商海弄潮

约公元前 292 年，吕不韦出生于卫国濮阳，即今天的河南濮阳西南一带。《战国策》中记载：“濮阳人吕不韦贾于邯郸。”当时的卫国，由于本身是个小国，而且卫国国君昏庸无道，淫乐奢侈，不理朝政，国势日衰。而当时的濮阳顺黄河向西可达周王朝的国都洛阳，东下可抵富庶的齐鲁大地，北上可到达赵国国都邯郸，有着极强的交通优势，是有名的商业都市。吕不韦就出生在一个大商人家庭。

打小跟随父亲四处经商，耳濡目染，加上聪慧好学，吕不韦青少年时代就已经成了一个经商能手，使家里的财富与日俱增。然而，面对日渐衰微、风雨飘摇的卫国，他们父子也在合计怎么才能突破这个狭小的地域限制，为吕家的兴旺发达找出一个万全之策。

大约公元前 265 年，经过深思熟虑，吕不韦上路了，他身跨骏马，日夜兼程，携带家私，向着当时文明的商业都会邯郸绝尘而去。

邯郸是赵国的国都，是赵国的政治、经济、文化中心。赵王凭借强大的实力，倾心打造，使之成为当时赫赫有名的

繁华都市。这里街道笔直，宫殿巍峨，店铺酒肆鳞次栉比，商贾云集，人们生活富裕，观念开放，讲究享乐，这里不仅是商业都会，还是一个时尚的城市。这样一座充满商机的城市，这样一个令人神往的地方，同时距离濮阳又只有几百里的路程，当然成了吕不韦出国经商的首选之地。

风流倜傥的吕不韦风尘仆仆地来到邯郸，站在街道上，看到邯郸城如此繁华，如此迷人，深深地被这座城市所吸引，他凭着商人敏锐的嗅觉，认定这里将是他人生的又一个起点，这里会有无数的金山等待着他去开发。

初来乍到，吕不韦流连于各个酒肆妓馆，一方面凭借他阔老板的身份广交朋友，收集各方面的商业信息，不断寻找商机；一方面经受不住那些打情骂俏的美姬艳妓勾人的秋波，凭借自己堂堂的仪表和鼓鼓的腰包到处寻花问柳，享受香艳美色。吕不韦利用异地差价，长途贩运一些当时比较紧俏的盐、粮、丝绸、布匹等商品，不断积累财富。《史记·吕不韦列传》中记载："往来贩贱卖贵，家累千金。"同时，他还包养了一个楚楚动人、风情万种的歌妓赵姬，这便是日后成为他角逐于政坛的一颗重要棋子。

日子就这样一天天过去，累积千金的吕不韦在驰骋商界的同时，也在苦苦思考一个问题：如何能不像自己的父亲一样铢积寸累地捞取财富，而有一个一本万利的大买卖？而且中国古代长时间"重农抑商"，商人的社会地位异常低下，走一条经商与政治相结合，既富且贵的人生之路，恐怕是当时多少有抱负的热血男儿的热切期盼。吕不韦在寻找这样一个机会。

终于，这位年轻的商人发现了这个实现他宏大理想的机会。于是，吕不韦连夜赶回老家，与他的父亲有了一次精彩的对话。这段对话将为他事业的发展方向作最后的确认。

吕不韦问父亲："耕田之利几倍？"

他父亲回答："十倍。"

他又问："珠玉之赢几倍？"

父亲又很利索地答道："百倍。"

吕不韦又问父亲："立国家之主赢几倍？"

精于经商的老父亲被这话问得目瞪口呆，他没有想到吕不韦会把种地、经商和搞政治放在一起论价，搞政治获利那是无法用数字计算的，他便说道："无数。"这正是吕不韦想要的答案。

吕不韦向满脸疑惑的老父亲解释道："当今之世，拼命种田，辛勤耕作，到头来也就是落个饱暖。如果能够立主定国，不仅一生衣食无忧，而且荣华富贵可泽及后世，我现在想做这笔生意。"

望着面前有着如此胆量和气魄的儿子，吕不韦的父亲无言以对，他为儿子的胆识所折服，同时自叹弗如，满含激情地示意儿子去尝试实现这个伟大的计划。

吕不韦告别家人，马不停蹄地向着邯郸这座梦想之都进发，向着他即将实施的宏大计划的目标靠近。

二、奇货可居

吕不韦实现“立主定国”计划的第一步便是控制当时在赵国做质子的秦国公子异人。

这个异人是当时秦国在位的昭王的孙子，太子安国君的儿子。秦昭王是秦国在位时间最长的国君，他通过变法在政治、经济、军事等领域进行了一系列改革，为秦国的发展和称霸天下奠定了坚实的基础。为了防止东方各国以“合纵”之策联合攻击秦国，他采取“连横”的对策拉拢和结交一些小国和远方大国。异人就是于公元前 265 年前后在十四岁的时候被送到赵国作为人质的。

异人虽然是安国君的儿子，但却是安国君二十多个儿子中最受排挤、最不受待见的公子，否则怎么送他做质子到虎狼之口呢？其中最主要的原因便是异人的母亲夏姬因年老色衰而失宠。

异人被送到赵国的时候，赵国和秦国军事摩擦不断，可以想见他的处境是多么尴尬和凄惨。《史记·吕不韦列传》中有云：“车乘进用不饶，居处困，不得意。”年仅十四岁的异人还是个没有多少出息的公子哥，面对赵国上下的冷眼相待，失魂落魄，如丧家之犬，整日过着战战兢兢、醉生梦死的糊涂日子。他当时被安置在距离赵王王宫不远的屌城，远远望着高大巍峨的王室宫殿，再看看自己所处的寒舍；想想从前在秦国锦衣玉食、养尊处优的生活，看看现在近似囚徒般的悲惨待遇；看着灯红酒绿的街头那些花枝招展的舞姬歌女，再低头看看自己破旧的衣衫和干瘪的囊袋，异人心中有撕心裂肺的痛楚。他几乎绝望了。

吕不韦在邯郸的几年时间里，已经对异人的家世和处境了解得一清二楚。吕不韦还了解到，当时安国君已经是秦国的太子，而且安国君的嫡嗣还没有确立，而安国君最宠爱的华阳夫人居然没有儿子。他以商人特有的敏感意识到这是一个千载难逢的商机，这个异人经过他的包装和运作，极有可能成为一个叱咤风云的国君，自己的投资回报将以“无数”计。吕不韦一句从此流传千古的话便是：“此奇货可居。”这句话不仅成了后世政客和商人信奉的金科玉律，而且成了汉语中一个经典的成语。

吕不韦火速从老家赶回邯郸，大约是在公元前262年，他经过认真策划设计之后便开始实施他的计划。

这一天，深处绝望之境的异人家里来了位不速之客，这人便是吕不韦。吕不韦开门见山地说：“我能光大你的门庭，改变你的处境。”异人望着这位年轻的商人，端起他公子哥的架子轻蔑地说：“你要光大我的门庭，我看你还是先光大

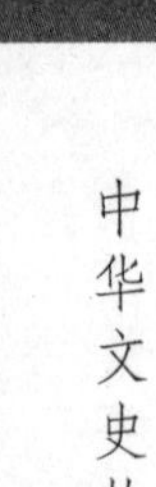

你自己的门庭，改变一下自己的处境，然后再来光大我的门庭吧！”吕不韦则一字一句地说：“你不知道吧，我的门庭要等你的门庭光大了才能光大呀！”

异人听到这句意味深长的话后，才开始收起轻蔑的眼神，初步改变了对吕不韦的看法，招呼起他来。

吕不韦问异人：“你的爷爷是不是老了？”此时秦昭王已近花甲，异人当然知道。吕不韦接着问：“你的父亲安国君被立为太子，而你的母亲并不受宠，安国君最宠爱的是华阳夫人。你可知道，按照制度，要继承王位的必须是嫡子，而立为嫡子只有华阳夫人说了才算。华阳夫人在枕边说的话，安国君能不听吗？”

异人听了吕不韦的一席话，思绪一下子被拉回到了秦国后宫，想到日思夜想的母亲夏姬独处寒宫，想到如今母子二人分隔两地，他潸然泪下。

吕不韦看到此情此景，趁机说道：“现在你们兄弟有二十多人，你排行中间，既不是长子，又不受秦王宠爱，还被送到这里做了人质，一旦你爷爷去世，父亲当了国君，你就没有希望与你的兄弟们争夺太子的位置了。”

异人听到这里不免唉声叹气，他深知自己的处境，当太子对他来说近乎痴人说梦，想都不敢想。于是他对吕不韦说道：“你刚才说的的确没有错，但是我又有什么办法呢？”

吕不韦对异人说道：“办法是有的，就看你干不干了。”

吕不韦的这番话犹如晴天霹雳，炸开了这位落魄公子心中欲望的闸门，如果真有什么办法，哪有拒绝之理？异人爽快答道："干！"

吕不韦告诉他："你现在困在邯郸，一时没有什么钱财结交朋友，培植势力，我呢，虽不算多么富足，但是我为你西入咸阳愿意拿出千金，并设法说服你的父亲安国君和华阳夫人，让他们立你为嫡子，将来继承王位，你看如何？"

异人听到这里，仿佛看到了拉他走出绝境的那根救命稻草，面前的吕不韦就是他的救命恩人，他倒头便拜，感激涕零地说："必如君策，请得分秦国与君共之。"此时吕不韦成功地实现了他的计划的第一步：与异人达成共识，投入巨资辅佐异人登上王位，而自己可以与异人共有秦国。

与异人谈妥之后，吕不韦首先给异人五百金，帮助他摆脱困境，广结宾客，培植势力，逐步改变他在赵国人眼中的落魄形象，为重返秦国争得太子地位铺平道路。异人得到巨金后，终于可以扬眉吐气，过起了奢侈的公子哥生活，他穿梭于酒楼妓馆，左拥软玉，右揽香草，广结贵族，延揽宾客。一个有头有脸的秦国公子形象在赵国国都邯郸迅速树立了起来。

吕不韦为了达到他的目标，甚至不惜将自己心爱的赵姬送给异人做了老婆。有一天，他请异人到他家里吃饭，让赵姬作陪，谁知道这个异人一见到这个美若天仙、风情万种的女人，就把持不住，几杯酒下肚，便壮着胆子恬不知耻地请求吕不韦把赵姬送给他。《史记·吕不韦列传》中说："（异人）见而说之，因起为寿，请之。"吕不韦听罢有点生气，可转念一想，对异人说道："我既然已经破产弃家为你奔走，还有什么舍不得的，既然你喜欢，就送给你吧！"

可是这个时候，赵姬已经怀了吕不韦的骨肉，吕不韦经过一番思考，便跟赵姬一块商量了个绝佳的方案。他告诉赵姬，一是对怀孕之事要守口如瓶，否则辅佐异人登上王位的计划肯定要打水漂；二是等孩子生下来，将来做了国君，那秦国皇太后的位置就是赵姬的了，秦国到头来还不是他们的。这个聪明的女人经吕不韦这么一点拨，便心甘情愿地投入了异人的怀抱。

邯郸这边安排妥当后，吕不韦便用五百金购置了奇珍异宝，西去秦国。到达咸阳后，他通过各种关系，首先结识了华阳夫人的弟弟阳泉君，而且见到阳泉君，他第一句话便把阳泉君吓了一跳："阳泉君，你犯了死罪，你知道吗？你门下的人哪一个没有高官厚禄？府上骏马无数，美女成群，但是再看看安国君的那些孩子们，没有一个有权有势的，如果哪一天安国君去世了，他的儿子当上了皇上，你的性命可就危在旦夕了。"

阳泉君一听这话，便有点相信了，慌忙问吕不韦有什么万全之策，吕不韦于是把他和异人策划的方案和盘托出，并告诉阳泉君异人如何贤能，如此等等。阳泉君听后不觉恍然大悟，说：“对呀，这样不就可以保全我们的全家荣华富贵了吗？”

接着吕不韦又找到华阳夫人的姐姐，先是奉上带来的无数的奇珍异宝，惹得这个女人眉开眼笑，接着将他的计划又给华阳夫人的姐姐复述了一遍，深得华阳夫人姐姐的赞同。

华阳夫人的姐姐见到华阳夫人，便对她说：“我听说，凭借美貌来侍奉别人的女人，一旦年老色衰，男人对她的宠爱就会减少。”这话正好点到了华阳夫人的心坎里，华阳夫人也正在为此事烦恼呢！经姐姐这么一说，华阳夫人真的开始为自己的前途担忧起来。接着，姐姐又告诉华阳夫人：“现在太子宠爱你，你的地位尊贵，可是你没有儿子，你不如趁早在安国君的这些儿子中找一个有才能、对你有孝心的做儿子，立他做继承人，这样当安国君去世后，才能保全自己呀！”接着她又告诉华阳夫人远在邯郸的异人是多么有才华，多么的思念她，说得华阳夫人心里舒舒服服的。就这样，在吕不韦的精心安排下，经过阳泉君和姐姐的点拨和劝说，华阳夫人终于下定决心，接受吕不韦的建议。

有一天，安国君来到华阳夫人的住处，华阳夫人见安国君心情很好，就趁机夸起异人来，说赵国来的人都夸异人聪明贤能。接着，华阳夫人便泪眼婆娑，在安国君面前哭起来：“妾身有幸得到您的宠爱，可又不能给您生个儿子。我思虑再三，想求您立异人为嫡子，当我的儿子，这样妾身日后也有个依靠!”

安国君看到自己心爱的女人这样眼泪嗒嗒地往下掉，哪有不心疼的道理，当即就答应了华阳夫人的请求，并拿出玉石，刻符为据，立异人为嫡子。之后，华阳夫人又对安国君说起吕不韦，称赞他如何在邯郸照顾异人，于是安国君安排吕不韦带些礼物给异人，还让吕不韦回到赵国后想法让异人尽快回到秦国。

就这样，秦国之行，吕不韦抓住事情的要害，让华阳夫人一家深知“一荣俱荣，一损俱损”的道理，用他的三寸不烂之舌和商人独有的智慧，终于使得计划获得了极大的成功，下面需要的只是耐心地等待……他仿佛看到了这个空前绝后的商业投资计划胜利的曙光。

带着安国君送给异人的礼物和立异人为嫡子的大好消息，吕不韦满意地踏上了归程。途中望着沃野千里、丰腴富饶的秦川大地，他不禁豪情万丈，回首高喊：“再见，咸阳!”

三、长袖善舞

正当吕不韦和异人满怀期待，准备向赵国请求回秦之时，也就是公元前 262 年，秦国和赵国关系陡然紧张起来，一场历史上规模最大也最为惨烈的长平之战爆发了，本来答应让异人回国的赵王加强了对异人的监管。长平之战最终以秦国的胜利而告终，而赵国将士却有四十多万人被秦兵活埋，可以说这对赵国是一次毁灭性的打击，从此这个东方大国一蹶不振。

此时的吕不韦可谓如坐针毡，手里这个投了巨资的“奇货”一旦有什么闪失，将会使他功亏一篑，倾家荡产。而就在这时候，即公元前 259 年，吕不韦送给异人的赵姬生下了一个儿子，他就是后来统一中国的秦始皇。这个孩子的出世给他们集体逃出赵国更是增添了难度，不过异人倒是看着身边的娇妻和宝贝儿子，心花怒放，乐不思蜀，焦急的只有吕不韦了，他时刻寻找着回秦的良机。

机会总会垂青于有准备的人，就在秦兵乘胜追击，赵国邯郸大兵压境的时候，秦昭王一纸命令，让军队停止进攻，与赵国议和。时刻关注局势的吕不韦趁赵国稍稍放松警惕之时，拿出六百金贿赂监视异人的赵国士兵，无奈撇下赵姬和儿子赵政，带异人匆匆逃出邯郸城，到达秦军驻地，在秦国将士的护送下安全抵达咸阳。

吕不韦心中悬着的一块大石头这时候总算落了地。

风尘仆仆的吕不韦带着异人到达咸阳后，无暇熟悉这里的一切，便去拜会给了他们一个美好前程的华阳夫人，以表感激之情，巩固胜利的果实。

为了给华阳夫人一个好印象，吕不韦精心给异人购置了一套夫人老家流行的楚服，“不韦使楚服而见”。当异人身着艳丽的楚服出现在华阳夫人面前时，华阳夫人不禁欣喜万分，深为异人的善解人意而高兴。她拉着异人的手说：“我是楚人，难为你这么细心让我高兴，你就是我的儿子，改名叫子楚吧！”在吕不韦的精心教导下，异人又是一番甜言蜜语，华阳夫人更是心花怒放。有了华阳夫人的怜爱，异人离太子之位也就更近了一步，吕不韦处心积虑，几乎倾其所有的计划的实现也就基本上是铁板上钉钉了。他们要做的就是小心翼翼地侍奉好华阳夫人，讨得上下欢心，耐心等待。

公元前251年，叱咤风云的秦昭王终于告别了他那让安国君觊觎多年的王位，撒手人寰。他不仅给了安国君多年期待的王位，而且留下来一个威震四方、充盈富足的强大国家，这怎么不令安国君和等待异人登上王位的吕不韦高兴呢？

五十三岁的安国君匆匆送走老父亲，便乐不可支地举行了登基大典，坐上了秦王宝座，史称秦孝文王。然而，令本来想还要再等上几年的吕不韦想不到的是，这个老太子由于经不起丧父之痛与称王之喜的大悲大喜，竟在三天后一命呜呼，随他父亲而去，成为中国古代在任时间最短的君主。《史记·秦本纪》记载：“十月己亥即位，三日辛丑卒。”

孝文王一死，异人便顺理成章地继承王位，史称庄襄王。坐在御座上的庄襄王，抬眼望望华丽的芷阳宫，再俯视殿下山呼万岁的文臣武将，感到无比的荣耀，也想到了给了他这些荣耀的吕不韦、华阳夫人。他下达的第一道诏令便是：任命吕不韦为丞相，封文信侯，食邑河南洛阳十万户。接着尊自己的母亲夏姬为太后，华阳夫人为华阳太后。至此，吕不韦"立主定国"的投资计划算是大功告成了，投资正式进入回报期，而且这"第一桶金"就赚得盆盈钵满。从这一刻开始，吕不韦正式踏上了政治舞台，开始展示他非凡的执政才能。同时，又因为异人没有多少才能，整日沉溺于锦被绣帐之中，对吕不韦言听计从，从而使吕不韦有了一个更大的施展才华的舞台。

吕不韦当政的第一件事便是大赦天下，奖赏功臣。《史记·秦本纪》记载："大赦罪人，修先王功臣，施德厚骨肉而布惠于民。"这一政策，使得素以严刑峻法著称的秦国的广大人民感恩戴德，起到了笼络人心、缓和社会矛盾的作用，为维护稳定的政局奠定了基础。

一年之后，在吕不韦的精心安排下，留在邯郸的赵姬携带已满十岁的儿子嬴政回到了咸阳，这无疑又是一个喜讯。

紧接着，也就在公元前 249 年，东周国的周公又给了吕不韦一个展示才能、树立权威的大好时机。此时已经在苟延残喘的东周国自不量力，联合各个诸侯国来进攻秦国，于是吕不韦轻而易举就把东周的领地收归秦国，为将来统一中国

彻底消灭了最后的政治障碍。东周灭亡之后，吕不韦还玩弄起政治手腕，将东周国君迁到阳人（今河南汝州西南）西，让他继续在那里祭祀周人宗室，享受当地的租税，给了世人一个崇奉礼仪的良好形象。

踌躇满志的吕不韦又派兵接连攻占了通往关东的战略要地成皋和荥阳，在那里建立了三川郡，为将来东征各个诸侯国做了军事上的准备。无论在政治上，还是在军事上，仅仅两年的时间，吕不韦的才能便显露无遗，迅速在秦国政坛树立起了绝对的权威，开始以政治家的姿态带领秦国面对这个风云变幻的战国时局。

秦国的频繁用兵，意图再明显不过，这引起了东方各国的极大恐慌。首当其冲的魏国上下更是忧心忡忡，纷纷劝说魏安鳌王派人请回曾于公元前 257 年长平之战后解赵国邯郸之围而窃兵符打败秦军的信陵君魏无忌，以阻止秦军东征的铁蹄。在经过来使言辞凿凿的劝说后，打算退隐的信陵君毅然答应了回国抗秦之事。

信陵君领命后，深知魏国绝非秦国的对手，于是他凭借自己在各国中的威望，说服赵、韩、楚等国组成了一支强大的联合军队。在信陵君的带领下，这支军队竟然连连挫败秦军，逼其退至函谷关，这可给从未吃过败仗的吕不韦当头一击。

商人出身的吕不韦看秦军暂时难以取胜，当然不会让军队做无谓的牺牲，迅速撤回军队，决定以一个小小的离间计策挑拨信陵君与魏王的关系，以小小的投入扳回败局。他派人携带大量财宝到魏国，买通曾被信陵君杀掉的魏将晋鄙的门客，散布信陵君的坏话，说现在魏国军队都成了信陵君的私人队伍了，还说信陵君统帅五国军队，各个诸侯都听信陵君的，一旦此人自立为王，天下就成他的了。

谣言四起，魏王身处谣言的包围中，慢慢也信以为真，竟然中了吕不韦的计策，下令解除了信陵君的职务。从此，信陵君解甲归田，意志消沉，四年后在一次纵酒中含恨而死，一个叱咤风云的将军就这样被吕不韦的计谋给整垮了，可叹可悲！一个小小的离间计，不仅葬送了魏无忌的生命，而且打散了东方各诸侯国的军事联合，为秦国东征再次打开了豁口。

就在吕不韦重整旗鼓准备东进的时候，一个改变他命运的时刻来到了——他的“奇货”庄襄王撒手西去了。庄襄王死后，年仅十三岁的嬴政在吕不韦的辅佐下名正言顺地登上了王位。《史记·秦始皇本纪》记载：“王年少，初即位，委国事大臣。”已经在秦国朝野根基牢固的吕不韦不仅继续担任丞相要职，而且还给自己加封了一个特殊的称号“仲父”，以显示同小秦王特殊的关系，同时告诉世人自己将像管仲一样治理国家。

一个全新的属于吕不韦的时代开始了。这位有着经世之

才的政治家面对这个蒸蒸日上的国家，不禁豪情万丈，一个统一整个中国的恢宏蓝图在他心中慢慢铺展开来，他辉煌壮丽的人生画卷就要在秦川大地上潇洒绘就。

吕不韦主政以后，在军事上仍然主要以东征兼并东方各国为目标，在强大的国力支持下，吕不韦采取正面迎击和分化瓦解的策略，不断扩大秦国的版图，打造了一支坚不可摧的威武之师，为秦王政亲政后建立大秦帝国奠定了根基。

公元前248年，吕不韦又派大将蒙骜率兵东征，先取魏国高都、汲，赵国的榆次、新城、狼等三十七城，夺回太原郡。不久秦军攻占晋阳。秦王政三年（前244），蒙骜率兵伐魏，攻下十几座城池，设立东郡。公元前241年，楚、魏、韩、赵、燕五国被逼再次联军抗秦，然而最后在吕不韦的精心策划下，还未大举反攻便草草收场。至此，秦国统一六国的军事行动已经没有大的障碍了。

吕不韦凭借出色的治国才能，除了在军事上不断取得胜利外，还使秦国在政治、经济等领域取得了进一步发展，为秦国吸引了大批人才，积累了巨额财富，商品经济得到迅速发展。主要表现在以下三个方面：

一是大量引进人才，注重利用人才。吕不韦在当政时期，建造了数以千计的房屋，吸引各国各类人才。《史记·吕不韦列传》记载："以秦之强，羞不如，亦招致士，厚遇之，至食客三千人。"吕不韦之所以能够将众多的人才网罗到自己门下，首先是因其当时权倾朝野，无人可比，其次是秦国实力强大，顺应时局的发展方向，人才西流已经成为当时的潮流。吕不韦还能够做到知人善任，其一是对秦国的元老和重臣非常尊重，使他们安心为秦国的发展出力流汗，比如老将蒙骜在秦昭王时代就官至上卿，资历远在吕不韦之上，但在吕不韦当政期间却能尽心尽力，驰骋沙场，可以说为秦国的东征立下了汗马功劳；其二是慧眼识珠，对门人中的优秀人才能够及时发现、提拔和重用，比如重用十二岁的小甘罗说服张唐并跟随他出使赵国，凭借机智与勇敢，劝说赵国送五城于秦，后来又从赵国手中得到燕国多座城池。像蒙骜、甘罗、李斯等这些人才死心塌地地为秦国效力，才使得秦国内部和谐稳定，外部军事行动取得一个个胜利。这一切都归功于吕不韦这位非凡政治家超强的驾驭人才的能力。

二是大力发展农业、手工业。吕不韦主政期间，兴修了长约一百五十公里的郑国渠，使“关中为沃野”。同时，改善耕作技术，大量生产铁制农具，使秦国的农业生产条件处于当时的领先地位，使本已富足的秦国“富天下十倍”，谷粮满仓，人民安居乐业，军队有充足的粮食供给。另外，他还加强了兵器的监造，发展青铜器、陶器等制造业，使秦国各类商品供应充足，商业迅速发展。

三是大力促进商品流通，秦国经济迅速发展。吕不韦出身商人家庭，深知“多财善贾”的道理，一改过去抑制商

业发展的做法，在大力发展农业、手工业等的基础上，通过发行货币等手段，促进各类商品的生产与交换，秦国的商品经济获得了前所未有的发展，甚至还出现了众多富比封君的大商人。商品经济的繁荣与发展，还刺激了秦国文化的繁荣，绘画、歌舞等也在秦国流行开来，使秦国更具魅力。

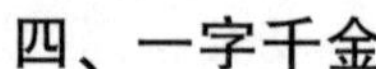

四、一字千金

本已强大的秦国在吕不韦的主政下焕发出了勃勃生机，而吕不韦也在这个政治舞台上纵横捭阖，充分展示了他政治家的风采。处理完政务，摆脱开烦琐的日常事务，他也在规划着秦国未来的蓝图，同时也在苦苦思索在自己暮年之时、在嬴政亲政后，如何仍将自己的政治影响一以贯之地执行下去，确保大秦国强盛不衰。

一日，他将门下众多的宾客召至堂前。望着下面黑压压的人群，他用商量的口气说出了自己的打算："各位都是舞文弄墨之辈，胸怀经国安邦之策，你们在我这里一直没有发挥出作用来。这样吧，请你们将自己的所思所想写下来，我再考虑安排你们。"终日碌碌无为的宾客们听后群情激愤，感觉显露自己才华的时刻终于到来了，于是一个个摩拳擦掌，挑灯奋笔。

当一篇篇凝聚了众宾客心血的精彩华章呈现于吕不韦眼

前时，他的心中突然产生了一个集合成书的想法来。一个处在战火纷飞年代的秦国太需要一套切实可行的执政理论体系来支撑其不断发展壮大，完成统一大业，而且在完成统一天下的目标后，更需要一套强大的治国理论，才能确保国家长治久安，眼下这些文章经过系统整理不就是一个满意的答卷吗？

于是在吕不韦的授意下，根据他所制定的框架，中国文化史上第一场有计划有组织的大型编书活动开始了。吕不韦不仅将自己多年的政治、经商等理念积累灌注于此，而且将结束战国混乱局面，实现统一大业的思考统统写进此书。成书后，将这部书命名为《吕氏春秋》。这部书分十二纪、八览、六论三部分，约二十余万字，涉及面极广，吸取儒家、道家、墨家、法家等战国诸子百家的主要观点，内容涵盖政治、经济、军事、农业、哲学、道德等各个领域，堪称我国“杂家”的开山之作，也是集成之作，在中国传统学术史上占有重要位置。司马迁称这部书“备天地万物古今之事”。

足智多谋的吕不韦看到大功告成的《吕氏春秋》，首先想到了早晚要亲政的秦王嬴政，当务之急是让嬴政了解这部倾注了他大量心血的书的价值，并在将来的执政道路上将这套治国方略贯穿其中。他想出了一个绝佳的办法。他首先命人将书稿抄写在竹简上，接着将这些竹简在咸阳城门上展出，并张贴告示：“有能增损一字者，与千金。”

一时间，整座咸阳城都轰动了，有想一睹《吕氏春秋》风采者，有跃跃欲试者，书简旁人头攒动，大街上人们奔走相告。这样的宣传效果可想而知，嬴政的案头自然也摆上了这部大作。

然而，一天天过去了，阅读完书简，人们也一个个默默离去，最后竟然没有一个人指出一字瑕疵，悬赏的千金原封未动。只有到了一百多年后的东汉末年才有大学者高诱首次将此书作了详注，并指出了大大小小十一处错误。

那么当时为什么没有一个人看出书中的错误呢？今天这个谜底早已揭开，吕不韦的一字千金策划本身就是要自我标榜、自我炒作，一部由当时权倾朝野的相国主持编写的书，在那个时代又有谁敢指出其瑕疵呢？恐怕我们把吕不韦尊为我国广告业的鼻祖也不为过吧！不过此书的价值是有目共睹的，司马迁甚至将其与《周易》《春秋》《离骚》等相提并论，它突出的特点是将诸子思想的精华部分予以提炼，加入吕不韦的一些治国理念，充满了对未来亲政的嬴政的告诫之言，从而对历史的发展起到了不可估量的作用。吕不韦的这一文化创举，使他的名字也因《吕氏春秋》而在中国历史长河中更加光彩夺目。

五、夕阳悲歌

秦国军事上捷报频传，政治上安定和谐，老百姓安居乐业，这也将吕不韦推向了他事业上辉煌的巅峰。他也就像一位出色的演员，醉心于政治舞台，导演着一幕幕精彩的历史大戏。然而，春风得意的吕不韦却被处于太后之位的赵姬给弄得焦头烂额。

自从秦庄襄王去世，这个三十多岁便开始守寡的赵姬自然难以独守寒宫，如狼似虎的性欲促使她与吕不韦旧情复燃，吕不韦则每每下了朝堂便要到后宫与太后干起龌龊的勾当。

随着秦王政慢慢长大，吕不韦不得不开始对与太后的苟且之事顾虑重重，况且他内心装着国家，哪像这个淫荡成性的太后，一门心思就等着吕不韦来与她厮混？再说，吕不韦五十多岁的身子哪里经得起太后的这般折腾？吕不韦不得不开始考虑摆脱太后的万全之策。

一个人进入了吕不韦的视线，他就是在赵国时就与赵姬有私情的嫪毐。当吕不韦将他带到后宫时，风流成性的太后便如获至宝，欣喜若狂。为了达到将嫪毐留到后宫与太后鬼混的目的，吕不韦还与太后导演出了一场苦肉计。

一日早朝，一御史向秦王上奏："臣参嫪毐擅自出入后宫，秽乱宫闱，该当治罪！”吕不韦接过奏简一看，佯装大怒，呵斥道：“岂有此理！定要从重处置！”尚未亲政的嬴政便扭头示意吕不韦定夺。吕不韦声色俱厉地说道：“我看就处以腐刑吧！”在场的大臣无不随声附和。在行刑的时候，太后又依计安排行刑者手下留情，之后，嫪毐便名正言顺地到太后身边服务了。

嬴政为自己母亲的放荡不羁而深感羞耻，他为吕不韦先是淫乱后宫，接着又像扔掉一双破鞋一样对待自己的母亲而怒火中烧，他把后宫这些龌龊事统统记在了吕不韦的头上。吕不韦一生巧于计谋和筹划，万万没有料到他这个金蝉脱壳之计变成了一个引狼入室的败笔，为他悲惨的后半生埋下了失败的种子。

嫪毐与太后天天厮混在一起，枕边风吹得太后渐渐疏远了吕不韦，而对嫪毐百依百顺。她利用手中的权力加封嫪毐为长信侯，并且把山阳（今太行山东南）的大片土地作为这个假太监的封地。这样，嫪毐地位便和吕不韦不相上下了，慢慢地，嫪毐的政治野心也显现出来。他不仅享受着太后给他的种种特权，而且利用太后的权势在朝野上下拉拢各方势力，收养上千家童，不断培植自己的势力，耀武扬威，竟想在政治上与吕不韦抗衡。《史记》记载：“嫪毐常从，赏赐甚厚，事皆决于嫪毐，嫪毐家童数千人，诸客求宦者为嫪毐舍人千余人。”

嫪毐与太后在后宫中明目张胆地鬼混，竟然使太后有了身孕。为了遮人耳目，太后搬离咸阳，到秦国的旧都雍城居住，这样更可以纵情作乐了。太后不仅把这个孩子生下来于后宫养着，而且在雍城期间又生下她与嫪毐的第二个孩子。此时的秦国上层形成了三股势力，吕不韦、秦王政、太后和嫪毐这三股势力各怀心思，打着自己的小算盘。秦王政苦于自己没有亲政，只能听着自己的亲生母亲与嫪毐在深宫的浪声淫笑，看着飞扬跋扈的嫪毐和在朝堂上一言九鼎的吕不韦，恨不得把他们撕成碎片，只能把这仇恨的账目一笔笔记下来。吕不韦则眼看着嫪毐的势力一天天扩张，然无奈于嫪毐背后有太后撑腰，只能忍气吞声，独自吞下自己种下的苦果，只能韬光养晦，等待时机。为了防止秦王政亲政后清算这些龌龊之事，在嫪毐的挑唆下，太后竟然开始筹划如何让这两个孽子坐上秦王的宝座，以确保他们能够长期厮混下去。看似平静的秦国朝廷正在酝酿着一场暴风骤雨。

公元前 238 年四月，二十二岁的嬴政前往旧都雍城祭拜先祖，举行加冠大典。这也就预示着嬴政要亲政了，由吕不韦把持十余年的秦王朝即将掀开新的一页。

就在嬴政率领满朝文武热热闹闹地举行加冠仪式之时，咸阳方向却传来嫪毐发兵反叛的消息。原来，蓄谋已久的嫪毐眼看着嬴政要亲政，深知他与太后的事情已经闹得满城风雨，嬴政绝不会放过他，于是趁咸阳城内空虚之际，伪造秦

王和太后的调兵令，组织了一支叛军，准备做最后的挣扎。

接到奏报，果敢刚毅的嬴政迅速派遣昌平君和昌文君率大军赶往咸阳。两位将军与叛军相遇后，迅速将这帮乌合之众打得落花流水，四散而逃。

嬴政回到咸阳后，立即颁布命令，对平叛有功人员给予奖赏，同时重金悬赏捉拿嫪毐等逃犯。当年九月，嫪毐及其党羽被悉数捉回。嬴政立即下令将这个长期淫乱后宫的嫪毐处以车裂之刑。紧接着，又派人到后宫，杀掉太后生下的两个孽种，并将太后移至棫阳宫囚禁起来。至此，飞扬跋扈的嫪毐太后集团在嬴政亲政之后便被一举粉碎。

充满着血腥味道的咸阳城内，嫪毐及其党羽的残酷下场，深深刺激了处于风口浪尖的吕不韦。他对这次叛乱本来睁一只眼闭一只眼，早就希望借嬴政之手除掉他的政敌，此时却深感恐惧，一方面后宫之事吕不韦脱不了干系，担心嬴政找他算账，另一方面从平叛过程中嬴政未派吕不韦参与，便可看出嬴政对他的冷落之意，预感到自己晚年的政治生涯将充满太多的变数。精明的吕不韦只好不声不响地收其锋芒，静静观察嬴政的一举一动。

果不其然，嬴政不再顾及吕不韦为相期间的功绩，跳出了与吕不韦说不清道不明的情感羁绊，就在处死嫪毐后的一个月，下令罢免了吕不韦的丞相一职。走下高高的大殿，迎着深秋的寒风，吕不韦告别了担任十二年之久的丞相之位，一种悲凉之情油然而生。他苦心经营了二十余年的“立主定国”计划在收获了“无数”之后，不会再有太多的幸运降临到他的头上，一个圆满的句号永远也加不上这个计划的尾端。

时隔不久，齐人茅蕉的到来再一次让吕不韦搬离了本已萧条破败的相府。这茅蕉是为秦王囚禁自己的母亲劝谏的，而之前已经有二十七名劝谏者被残暴的嬴政处死。这位茅蕉来到秦殿，大义凛然地说：“我听说，天上有二十八星宿，现在死去的劝谏者有二十七位，我这次来，就是想补齐这个数字。”秦王听后大怒：“这个人故意违反我的禁令，赶快烧起锅来，用沸水煮死他！”茅蕉听后不慌不忙地说：“臣听说，有生者不讳言死，有国者不讳言亡。讳言死的不能得生，讳言亡的不能得存。死生存亡这种大事，是圣人所需了解的。不知大王想不想了解？”秦王没好气地说：“你就说吧！”茅蕉接着说：“秦王现在正以统一天下为己任，可是陛下车裂假父，暴露出您的嫉妒之心；捕杀两位弟弟，有不慈的恶名；又将太后囚禁起来，落下不孝的骂名；您对劝谏者用蒺藜打死，落了个像桀、纣等暴君一样的名声。这些事让天下人知晓，绝对不会再有人投奔秦国，我担心秦国就会亡在陛下的手里！”

说罢，茅蕉整整衣冠，对秦王说：“我的话说完了，你行刑吧！”

此时大殿内死一般沉寂，茅蕉如此刻薄之言，脾气暴躁的秦王嬴政能承受得了吗？

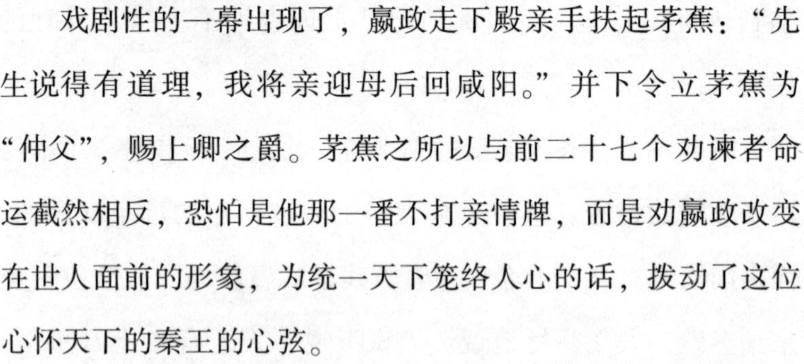

戏剧性的一幕出现了，嬴政走下殿亲手扶起茅蕉："先生说得有道理，我将亲迎母后回咸阳。"并下令立茅蕉为"仲父"，赐上卿之爵。茅蕉之所以与前二十七个劝谏者命运截然相反，恐怕是他那一番不打亲情牌，而是劝嬴政改变在世人面前的形象，为统一天下笼络人心的话，拨动了这位心怀天下的秦王的心弦。

嬴政接太后回到咸阳后，便开始担心吕不韦与太后这对老情人旧情复燃，于是即刻下令："令文信侯就国河南。"吕不韦再次踏上了黄沙漫卷的函谷故道，与二十余年前相比，一样的道路，方向却截然相反，上次这条道载着他走向了辉煌的事业顶点，而这次这条道却让他告别了咸阳这个政治中心，送他离开了叱咤风云的政治舞台。坐在颠簸的马车内，吕不韦悲凉的心中夹杂着丝丝暖意，暗暗庆幸嬴政对他并没有下毒手，还让他回到了自己食邑的领地，看来这个秦王还是顾及了他为秦国所做的贡献，还有他们之间道不清的亲情。

回到洛阳的吕不韦，感觉自己终于跳出了政治旋涡，便一改在咸阳忍气吞声的姿态，精神焕发，到处拜访豪杰名士，接待各方宾客，纵谈军事、政治，其府邸又开始热闹起来，甚至以求东山再起的政治野心也开始显露出来。《史记·吕不韦列传》记载：“岁余，诸侯宾客使者相望于道，请文信侯。”聪明的吕不韦没有想到“山高皇帝远”的他仍然在嬴政的严密监视之下，他的所作所为对他惨淡的晚年生活无疑是雪上加霜。

公元前235年，忍无可忍的嬴政给吕不韦送来一封信，信中写道：“君何功于秦？秦封君河南，食十万户。君何亲于秦？号称仲父。其与家属徙处蜀！”手持信札，吕不韦惊呆了，他也终于明白了：那个曾令自己投入巨资并独舞其上的政治舞台大幕彻底落下，而且在自己领地里安度晚年的美梦也一并破碎了。无奈的吕不韦只好带领家眷离开富庶的中原之地，一路跋涉，一路回想自己波澜壮阔的人生经历，再看看眼下的凄惨境遇，不禁老泪纵横。身心俱疲的吕不韦到达蜀地后，终日郁郁寡欢，精神陷入绝望之境，不久便饮下毒酒，结束了自己的一生。吕不韦死后，忠于他的门客将他的尸体偷运回洛阳，草草葬于北邙山上。现在，河南偃师市南蔡庄大冢头村东的一座大墓，据传为吕不韦墓。

历史的车轮滚滚向前，两千余年后的今天，对吕不韦这位商界奇才、历史伟人以及他所主持编写的《吕氏春秋》的评价、认识，应该说铺天盖地，人们对于他推动历史和文化的发展所做的贡献都给予了高度的评价，尤其对他的经商经国之才，后人无不自叹弗如。从中我们不难梳理出这位重量级历史人物在经商从政过程中体现的商业智慧：

一是奇货可居，气魄非凡。精明是吕不韦作为一个成功的商人的天赋，而他的高明之处在于善于捕捉商机，而且站在更加阔大的视野审视，甚至将整个混乱不堪的战国时代都收入眼底。当发现“奇货”异人后，他倾其所有的资产，倾其十余年的时间，来完成这场风险巨大的投资，没有给自己设置丝毫退路，他的气魄之大、眼光之远令人赞叹。吕不韦也因这个前无古人、后无来者的立主定国计划被今人尊为风险投资业的鼻祖。

二是机不可失，时不再来。《吕氏春秋·慎大览》中说：“智者之举，事必因时。”又说：“故凡举事必循法以动，变法者因时而化。”所谓因时，就是逐时而动，抓住机遇。对于经商而言，善于捕捉商机，因时制宜，可谓至关重要。在发现异人这个“奇货”之时，吕不韦可说是马不停蹄，迅速行动，才有了他波澜壮阔的一生，否则中国的历史就要改写了。

三是计划周密，措施灵活。尽管吕不韦在实施立主定国计划中有历史机缘巧合的成分，但从他对确定投资异人前对异人各个方面的考察论证，在让华阳夫人确定异人为嫡子的过程中，乃至后来主政秦国的过程中，处处都体现出吕不韦精于算计、巧于安排的商人本色。在整个计划中，似乎他都在帮助别人摆脱困境，而当这些人如愿以偿，吕不韦便距离成功近了一步，措施的实施做得天衣无缝。

四是求贤若渴，知人善任。正如《吕氏春秋·用众》中所言："天下无粹白之狐，而有粹白之裘，取之众白也。"俗话说："一个好汉三个帮。"吕不韦一生中门客无数，才有《吕氏春秋》的横空出世。在他主政时期，正因为他器重蒙骜等重臣，大胆起用甘罗等新人，不拘一格，不居功自傲，尊重人才，合理配置人力资源，才使他主持下的秦国不断强盛起来，自己的事业也达到了巅峰。

以上只能说是吕不韦波澜壮阔的一生中闪现的商业智慧中的冰山一角，在慨叹他事业的辉煌和晚年的凄惨之余，我们不妨从他留给后人的《吕氏春秋》中仔细搜罗，慢慢品味。

票号之祖——日升昌

走进平遥这座被列入世界文化遗产保护名录的具有2700多年历史的文化名城，站在高高的城墙上，透过一座座青砖灰瓦的建筑，我们心中总会涌起对山西商人的无限慨叹。走进平遥古城西大街的中国票号博物馆，面对被余秋雨先生称为“现代银行的乡下祖父”的票号代表日升昌，我们总会对它的创办人雷履泰过人的商业才能和日升昌辉煌的历史轨迹再次惊叹。

日升昌是中国的第一个票号，把几千年来我国经商以运现为主的情况变为以汇兑清算为主，开辟了中国金融业的新纪元，并使票号业务迅速膨胀，为我国现代银行制度的建立奠定了基础。日升昌从1823年创办建号，经历了清道光、咸丰、同治、光绪、宣统五朝，一直延续到1923年，长达百年。日升昌票号是我国第一个将经营权与所有权分离的企业，在其发展过程中，总结出一整套经营管理办法，在资本结构、信用制度、防伪技术、结算制度以及分配制度方面开创了新的模式，对中国商业的发展和近代工业企业的兴起具有拓荒之功。日升昌不仅在国内各个重要地区建立分号，而且将业务触角伸向日本、朝鲜等周边地区，财力雄厚。其和众多的山西票号一起在后期的发展中与官府一起操纵着整个国家的经济命脉。

从日升昌的发展历史中，从日升昌的创办者雷履泰的人生轨迹中，我们不仅能一睹中国古代票号发展的辉煌和山西商人的风采，更能发现其对于我们今日商业发展极具借鉴意义的商业智慧。

一、延揽人才，绝妙转身

在平遥城一座人声鼎沸的赌场里，一位三十多岁的气宇轩昂、口齿伶俐的汉子正在执起宝盆，脱口算出各份赌银的胜负之数，他便是人称“一口清”的日后执中国金融业牛耳的雷履泰。而平遥西裕成颜料庄的少东家李大全正坐在赌场一角注视着这位服务生，心生喜爱之情。闲暇之余，李大全便会和雷履泰聊上几句，两人渐渐便成了相互欣赏的挚友，李大全对雷履泰的人品学识更是刮目相看。

这位日后在票号界叱咤风云的雷履泰，于清乾隆三十五年（1770）生于一个商人家庭，七岁开始读书，十六岁丧

父，家境日渐衰落，十七岁时母亲又去世，他孑然一身，成了孤儿。逆境中，十七岁的雷履泰嗜书如命，四处拜师求教，加上智力超群，学识日渐丰富。迫于生计，雷履泰才在赌场谋得差事，不想几年下来了竟成了这里看宝盆的好手。

暑往寒来，李大全与雷履泰交往也近三年，李大全总为雷履泰身处赌场感到惋惜，考虑到父亲年事已高，便想邀雷履泰进他的颜料坊，与他珠联璧合，两人共同干出一番事业来。

嘉庆十三年（1808），年迈的西裕成颜料庄东家李文赟终于将颜料庄交由儿子李大全打理。刚刚主事的李大全便迫不及待地邀请雷履泰进入西裕成，而雷履泰对李大全的盛情邀请充满感激之情，知道自己的人生将会在这位挚友的帮助下出现转机，于是爽快地答应了李大全的邀请。

豁达开明的李大全用他的信任，而雷履泰用他的智慧，使双方走在了一起，不想这一次合作竟叩开了中国金融业的大门，开启了中国货币流通体制的新时代。

此时的西裕成，经过几十年的发展，已经是闻名遐迩的大商号，生意兴隆，人才济济，资金雄厚，除平遥总号外，还在北京、天津、汉口、四川等地设有分号，这为雷履泰施展才华提供了偌大的舞台。

嘉庆十五年（1810），李大全决定让雷履泰前往九省通衢的汉口分号出任经理，以进一步历练其管理能力。汉口分号副经理程大培对温文尔雅的雷履泰充满敬意和欣赏之情，在雷履泰任汉口分号经理的四年多时间里，两人密切配合，相互勉励，业务上是最佳搭档，私下是莫逆之交，使汉口分号的经营屡获佳绩。

嘉庆十九年（1814），李大全又将精通业务的雷履泰调往北京出任领班，期望在北京的分号业务有一个大的发展。此时的北京，经过康熙、雍正、乾隆三朝的百年发展，社会稳定，财富积聚，商贸繁荣。在北京的几年里，雷履泰抓住业务特点和商业规律，广交商界和政界的朋友，使北京分号的生意日渐兴隆，不久便跃居各分号之首。

随着经营业务的不断扩大，流通的白银铜钱在分号与总号、分号与分号之间的解交便成了一大难题，依靠镖局不仅要付费，而且还担惊受怕。同时，在北京的一些规模不大的山西商号在逢年过节的时候也不断有人上门请西裕成帮忙向平遥老家捎办银子。善于思考的雷履泰总会在夜深人静的时候思索这个破题之举。

终于，雷履泰想到了一个办法：在分号和总号之间解交银两的时候用书信的方式代替银两，而为其他商户捎办银子的时候，可以用书信到总号兑用，从而免去押送银两的麻烦。

当由北京分号调回平遥总号任总经理的时候，雷履泰便开始琢磨起这个小规模的汇兑业务来，他仔细对这项生意进行了周密详尽的论证：一是平遥在外经商谋生的人遍及大江南北，随着贸易业务的发展，银两的流通业务量必将急剧增长。为安全等方面的考虑，汇兑业务是个稳赚不赔的大买卖。二是西裕成此时经营规模庞大，资金雄厚，社会信誉良好，完全有实力办理汇兑业务。

当踌躇满志、胸有成竹的雷履泰将创办票号的一揽子计划向东家李大全和盘托出时，李大全更是与他一拍即合，承诺由雷履泰全权负责创办票号事宜。雷履泰则迅速启动这个计划，首先将汉口的程大培调回总号，又将平遥城内蔚源昌粮油店的伙计毛鸿翙纳入旗下，三个人共同筹划改营票号事宜。至此，中国第一家票号日升昌诞生了，中国金融业发展在雷履泰的一手策划下开始了拓荒之旅，中国金融史翻开了崭新的一页。

二、开拓创新，蒸蒸日上

得到东家的同意后，雷履泰便马不停蹄地工作起来。先是买下了西裕成斜对面坐南向北的“合义成”木匠铺，又将后院买下，请来工匠设计施工。经过两年多的紧张施工，耗银一万多两的日升昌票号大院落成了。道光三年（1823）正月十一，日升昌在新址正式挂牌营业了。时年53岁的雷履泰自然当起了日升昌的大掌柜，二掌柜则由毛鸿翙担任，三掌柜为程大培，下设账房先生、信房先生、汇兑柜台业务柜头、上街头等职务。

正式对外营业的日升昌凭借开业前西裕成已有的一些异地汇兑的经验，主要从事异地汇兑和存贷业务。作为第一家票号，当时既无成功的经营模式可以借鉴，又无现成的规章可循，大掌柜雷履泰只好在实践中不断摸索和创造。

在票号的经营管理模式上，雷履泰实施了一套和我们现在的现代企业制度极其相似的两权分离体制，当时也称“东伙合作制”。所谓“东”，就是资本所有人，俗称财东；所谓“伙”，就是经营合伙人，俗称伙计。票号的组织结构为三种人：东家、掌柜、伙计。东家相当于董事长，大掌柜以下，全部是东家的雇佣人员。东家是出资人，其职责只有两项，一是掏银子，二是选掌柜，不得插手经营活动，甚至连学徒都不能推荐。李大全拿出三十万两白银作为票号的经营资本，一万两为一股，盈利分红，赔钱归东家。

掌柜又分为不同层次，习惯上称大掌柜、二掌柜、三掌柜等，掌柜统领伙计从事具体经营活动。大掌柜是票号经营管理的最高领导，全权处理全号内外事务，从选用二掌柜、三掌柜和伙计，再到资本运作和具体业务安排，一概都是大掌柜的事情。其既有决策权，又有执行权，包括内部制度的制定与执行，人员的选用，分号的设立与管理，资金的调度与运作，以及各种大大小小的商务决策。经与李大全协商，票号从掌柜到伙计又制定了不等的顶身股制度。身股与银股

一样，都享有同等分红的权利。掌柜和伙计，都可以按照自己的表现取得一定的股份，如果服务年限增长及表现优异，则会追加股份。反之则会降职。雷履泰身股一分（一股十厘)，二掌柜八厘，三掌柜七厘，以下人员递减。顶身股即人力股，这种吸引人才的制度，使票号在组织体系上利益一体化，形成了很强的向心力。晋商有言："薪金百两是外人，身股一厘自己人。"

一般伙计获得身股是从当学徒开始的，经过长达十年以上的磨炼，才能取得顶身资格。进号以后的三年学徒期，对于常人来说十分难熬。第一年干杂活，以考察品德为主；第二年学业务，包括文化、写字、珠算、票号业务、骑马、蒙古语等；第三年跟师傅跑生意，在实践中摸索提高。整整三年，不能回家，不准告假，脏苦累贱，一样不缺。从装水烟、递毛巾到倒夜壶、叠被褥，对掌柜要伺候得无微不至。实际上，正是这种生活小事的濡染，才能养成经商所需的眼尖手快、脑筋活络、察言观色、心机灵动。学徒期满，解除了依附性的身份限制，就变成票号的伙友，但是还要经过七年班期做事，业绩可观，无错无误，才能取得身股。许多学徒，在十分苛刻的条件中能坚持下来，靠的就是对身股的预期。

这十年，也是掌柜观察伙计、辨识人才的过程。民国初年，山西票号的最后一代大掌柜李宏龄，曾用这样一段话概括了这种职业训练："票号以道德信义树立营业之声誉，故遴选职员，培养学徒非常慎重，人心险于山川，故用人之法非实验无以知其究竟。”在具体的考察人才的方法上，他还提出了一整套准则：“远则易欺，远使以观其忠；近则易狎，近使以观其敬；烦则难理，烦使以观其能；卒则难办，卒使以观其智；急则易夹，急使以观其信；财则易贪，委财以观其仁；危则易变，告危以观其节；久则易情，班期二年而观其则；杂处易淫，派往繁华以观其色。如测验其人确实可用，由总号分派各分号任事。”票号内的许多中高层管理人员，都是这样一步步走出来的。

身股在本金亏损的情况下，顶身股者不仅不承担相应的亏损责任，而且有权利分红。这样，掌柜和伙计不用承担本金风险。从这一点上看，身股制度并不是资产制度，而是属于利润分成的激励制度，将伙计的利益与票号的利益紧密绑在一起，从而能更有效地激励伙计们的工作热情。

在经营过程中，雷履泰还解决了汇兑标准和汇票防伪两大技术难题，为打造日升昌的金字招牌，实现与客户的互利双赢奠定了基础。当时，各地流行的货币主要是银圆、铜钱等，主要问题是各地银两和铜钱的成色不一，分量不一。在日升昌营业期间，南京的顷化银含银量达 97.3%，而上海的豆规银含银量只有 73%。于是，在南京票号存 100 两银子，到上海兑现就可能要支付 110 两。而这一兑现标准，必须兼顾客户的满意程度和票号的赢利比例，要害在于公正与利润兼顾。票号既然专门做汇兑生意，就必须要在公平上做足功夫，不然就没有客户上门；同时又要保证自己的赚头，不然铺子就得倒闭。这就需要一个统一的汇率标准。用不同汇率来保证各地银两成色的平均，即“平色”，平色兑现后给票号留下的赚头，叫“余利”。雷履泰的一大贡献，就是确立了当时“平色余利”的恰当标准。恐怕他自己在制定这个标准的时候也没有想到，在后来日升昌的发展中，仅仅“平色余利”，就一度占到票号总盈利的四分之一（票号的利润，主要有三大部分：利息、汇水、平色余利）。

关于汇票防伪，这在今天也是难题。在办理汇兑业务时，开始是写信，称为信汇，后发展为汇票，以至后来的电汇。日升昌的汇票，由票庄自己印制。日升昌实行“认票不认人”制度。一旦出现假汇票，票号就会遭受信誉和经济上的双重打击。为了避免这种情况的发生，票号对汇票的印刷和安全性要求颇高。当时所采用的防伪技术，有密押、背书、微雕等方法，更有甚者还采用了水印技术。票号上的密押，类似于密码。现存的档案资料中，就有用“谨防假票冒取，勿忘细视书章”十二个字来分别代表一年中的十二个月。过一段时间换一次密押。而这种严密的防伪技术，为日升昌创造出了一个神话：在它的百年历史上，居然没有发生过一次被误领、冒领的现象。解决了防伪问题，才能取信于社会，创造“一纸汇票，汇通天下”的奇迹。

另外，日升昌还制定了严格的号规。日升昌规定，禁止赌博吸鸦片，不准嫖娼纳妾，不准长支短欠，不准挪用财物，不准接待个人亲友，回家探亲不准到东掌家闲坐，更不能送礼，伙友之间不得互借银两，有过失不得互相推诿，掌柜和顶身股者不得擅离职守，学徒入号必须期满才能回家，总号伙友每三个月回家一次，上下伙友每个月理发一次，老帮和伙友不准在从业地结婚，伙友打架斗殴、挑拨是非、不服管教立即开除，等等，这些似乎有点不近人情的规章制度，在当时却行之有效。

雷履泰在日升昌的经营过程中凭借他的智慧，建立了合理的资本结构和严格的用人制度，解决了汇兑标准和汇票防伪两大技术难题，从而使日升昌这个中国第一家票号发展异常迅猛，经营蒸蒸日上。同时，日升昌的崛起，吸引了更多的平遥商人，他们纷纷改营票号，新的票号如雨后春笋般兴起，以平遥、祁县、太谷为中心的票号帮迅速掌控了整个国家的经济命脉，成为全国的金融中心。雷履泰当之无愧地被人称为“票号鼻祖”。

三、广布网络，铸就辉煌

在雷履泰的主持下，日升昌很快完善了内部各种管理办法，接下来又马不停蹄地招兵买马，培训人员，在全国各地派出老帮（分号经理），负责组建自己的异地汇兑网络，以期迅速取得信誉良好、汇兑便捷的经营形象。

日升昌派往各地分号的经理叫老帮，副经理叫副帮。选择老帮和副帮的条件有四个：一是多谋善断，能攻善守，德才兼备，精明干练；二是善于交际，能说会道，能写会算；三是人品端正，无恶习；四是出身正派，为人善良，孝顺父母。人员选定后，还要在总号由二掌柜毛鸿翙亲自进行汇兑和收放银两方面的培训。出发前，老帮们主要带上由总号统一刻制的印章、秤码和会票，还有少量的路费，不带投资银两，可谓“白手起家”。每到一处，老帮们租住下房屋后，总会带上名片和总号的信函，凭借日升昌良好的信誉，拜访驻地的总督、巡抚、知府等大小官吏。在了解各位官员的详细情况后，投其所好，逐渐与他们建立密切联系，由分号承办官府钱粮、财税、军饷、赈灾等银。官府在银根吃紧的情况下也会来分号借支垫银，甚至官员的私银也会放在分号里面。各个分号俨然成了当地的金融枢纽。除了官府，老帮们还要摸清当地大的商号店铺，与他们逐步建立关系，积极招揽生意。

老帮的任期一般为三年，期满方可下帮回家与亲人团聚。每个老帮顶四到五厘的身股。面对丰厚的报酬，各地分号的老帮们都能够忍受孤身漂泊异乡的苦楚，又能兢兢业业地为日升昌的经营呕心沥血，成为日升昌旗下的地方大员。

可以这么说，这些分布各地的老帮们抛家离子，长途跋涉，在异地撑起日升昌的金字招牌，忍受着北方的严寒、南方的酷暑，有的甚至客死异乡，凭的是日升昌丰厚的回报、美好的前景，还有自己从事票号事业的远大理想，他们为构筑日升昌这座金融大厦立下了汗马功劳，成为日升昌人才队伍中的中流砥柱。

靠着这些精明能干的老帮，雷履泰借助原来的颜料庄的网络和人脉，首先在北京设立第一家票号，接着在天津、四川、汉口等地设立分号，承办汇兑业务。随着规模的不断扩大，为满足广大客户的需求，又陆续增加了三十余家分号，每个分号又有多个代理处，南至琼州，东南到上海、杭州，西南至昆明，东北到沈阳，西到迪化（乌鲁木齐），从而迅速形成了一个遍布全国的金融网络，甚至后来在香港以及朝鲜的仁川、新加坡、俄罗斯、日本都有了分号。日升昌天下第一字号的形象迅速红遍大江南北，一个金融帝国的梦想在雷履泰的精心谋划下变成了现实，丰厚的利润也像滚滚的长江水不断汇入这个位于平遥西大街的日升昌的银库里。

道光四年（1824）正月十一日，在日升昌开业一周年之际，财东李大全驾车到日升昌视察，听取雷履泰汇报一年来的经营情况时，雷履泰给李大全打起了哑谜，问：“东家，你猜猜今年赚了多少银子？”李大全估摸着伸出三个指头说：“这个数（三万两）？”雷摇头说：“还多！”李大全又伸出五个指头，雷还是摇头。这下李大全兴奋了，忙问："到底多少?"雷履泰不慌不忙地拿出一年的清单，交给李大全。李大全看到全年净盈利白银九万五千六百三十二两时，喜出望外，激动地同雷履泰和其他掌柜击掌庆贺，为大家辛苦一年就取得如此骄人成绩表示感谢和祝贺。之后在酒席桌上，李大全亲酌美酒，向三位掌柜敬上，免不了祝贺和鼓励一番。

光阴荏苒，不知不觉日升昌在快速扩张中已经度过了三个春秋，就在这最紧要关头，与雷履泰可谓亲如兄弟、志同道合的财东李大全正值中年，却身染重病。在弥留之际，李大全面对为李家做出巨大贡献的雷履泰，含泪让大儿子李箴视跪在雷履泰面前，大有刘备临终托孤孔明之意，说道："给你雷大伯叩头。"他双目满含期待地对雷履泰说："孩子小，望你看在昔日交情的份上好好照顾他，把咱们的日升昌办好!"

同样重情重义的雷履泰对于对自己有着知遇之恩的李大全的英年早逝悲痛万分，将李大全的临终嘱托铭刻于心。李大全去世后，雷履泰一如既往地按照既定思路，忠心耿耿，为由他亲手缔造的不断发展壮大的日升昌辛勤操劳着。

道光十八年（1838），累计为李家创造了几近百万白银财富的日升昌，为了应对紧随其后发展起来的其他票号的竞争，壮大自己的实力，又在日升昌隔壁用日升昌的"副本"（财东挣的银子）开设了日新中票号，设立分号十四处，同时在平遥经营日升裕、日升达、日升通、日升厚四个钱庄，以及日升庆布庄、日升店货栈。李家的产业开始走上集团化的大扩张之路。

道光二十二年（1842），清朝与英国签订了丧权辱国的《南京条约》，除了割让香港，开放广州等五处为通商口岸外，还赔银两千一百万两。雷履泰获悉后，立即嗅出商机来，迅速发函各地分号，要求尽快了解当地汇解银两的情况，尽早与藩库取得联系，抢做这笔生意。各地分号更是迅速行动，按时、按数、按要求完成了此次巨额汇解任务，获得了高额回报，日升昌发了大大一笔“国难财”，而对朝廷来说，则帮了大忙，道光皇帝称赞道：“好一个日升昌票号，果然能够汇通天下。”道光皇帝金口一开，又为日升昌做了个大广告，北京分号更是挂起来皇帝的口谕“京都日升昌汇通天下”的金字招牌。从此，各地的官吏和商号更加信赖日升昌，日升昌的生意越来越红火，从而进入鼎盛时期，掌控了清王朝百分之八十的经济命脉，俨然以大清第一银行的形象在票号界奠定了不可撼动的老大地位。

在功成名就的雷履泰大掌柜七十大寿之时，财东李箴视为了感谢这位一生为日升昌披肝沥胆的雷大伯，代表李氏家族及平遥众商号，请书法家书写金匾“拔乎其萃”，高高悬挂于雷家在平遥城内上西门处的宅院内里院的大堂上方。这块匾在民国二十年（1931）左右还在雷氏故宅，后因迁移而毁坏。

四、百年沉浮，完美谢幕

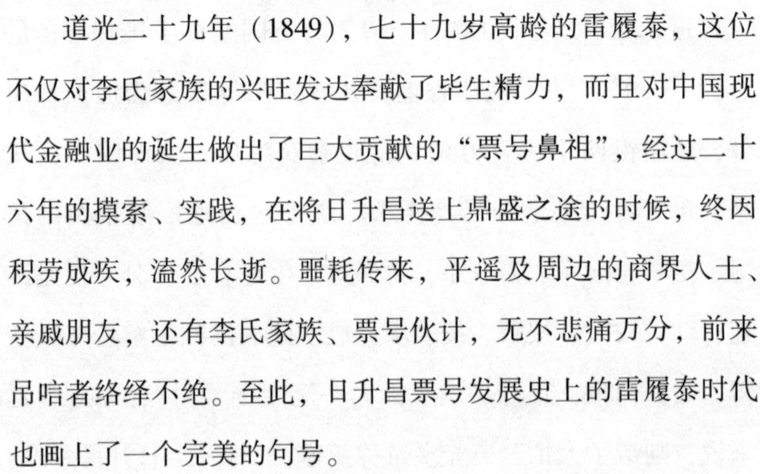

道光二十九年（1849），七十九岁高龄的雷履泰，这位不仅对李氏家族的兴旺发达奉献了毕生精力，而且对中国现代金融业的诞生做出了巨大贡献的“票号鼻祖”，经过二十六年的摸索、实践，在将日升昌送上鼎盛之途的时候，终因积劳成疾，溘然长逝。噩耗传来，平遥及周边的商界人士、亲戚朋友，还有李氏家族、票号伙计，无不悲痛万分，前来吊唁者络绎不绝。至此，日升昌票号发展史上的雷履泰时代也画上了一个完美的句号。

斯人已逝，然而以日升昌为首的中国票号业这艘巨轮已经乘风破浪，扬帆起航。雷履泰生前已经将有了坚实基础的日升昌的大掌柜的人选安排妥当，在雷去世后日升昌的三掌柜程大培的大儿子程清泮正式接任日升昌大掌柜，而程大培也回家安享晚年去了。

程清泮天资聪颖，深受父亲程大培的教诲，精通票号业务，走南闯北，先后在日升昌的十二个分号做过老帮，可以说是大掌柜的不二人选。

程清泮任大掌柜期间，一切事务均按雷掌柜生前所定执行，同时在各地又增设了八个分号，均取得了良好的业绩，各项经营井然有序，深得东家和伙友们的赞赏和信赖。同时，程清泮还成功修补了原来与雷履泰因个人恩怨而离开日升昌的二掌柜毛鸿翙的关系。毛鸿翙因在雷履泰一次生病期间想让东家把大掌柜的权力暂时由他来行使，结果引起雷履泰的不满，受到排挤，无奈离开日升昌，受聘蔚泰厚东家侯培余，创办泰厚东票号，成为当时日升昌强有力的竞争对手。双方的握手言和，不仅增加了这两家在当时国内举足轻重的票号之间的交流与发展，而且对整个票号的发展也起到了很好的促进作用。

在日升昌的票号发展史上，程清泮起到了承前启后的作用。正在日升昌蓬勃发展之时，咸丰元年（1851）却爆发了洪秀全领导的太平天国起义，南方分号经营出现危机。为了确保财产安全，程清泮果断撤回了汉口、成都、广州、重庆、南宁五家分号，从而避免了日升昌的经营损失，为日后的再度繁荣创造了条件。

程清泮担任大掌柜三十多年，是历任大掌柜中任职时间最长的，一生为李家积累了二三百万的财富，功劳卓著。同治元年（1862），他辞去大掌柜一职，归家安享晚年，于光绪六年（1880）因病而终，享年七十六岁。

程清泮卸任后，年迈的李箴视财东聘任郝可久为大掌柜。郝可久曾在广州分号任老帮，广州分号撤号后回总号任三掌柜，办事稳妥，为人谦恭，在十年大掌柜任上，无论是李箴视在世，还是病故后，都能忠心事业，尽心尽力。

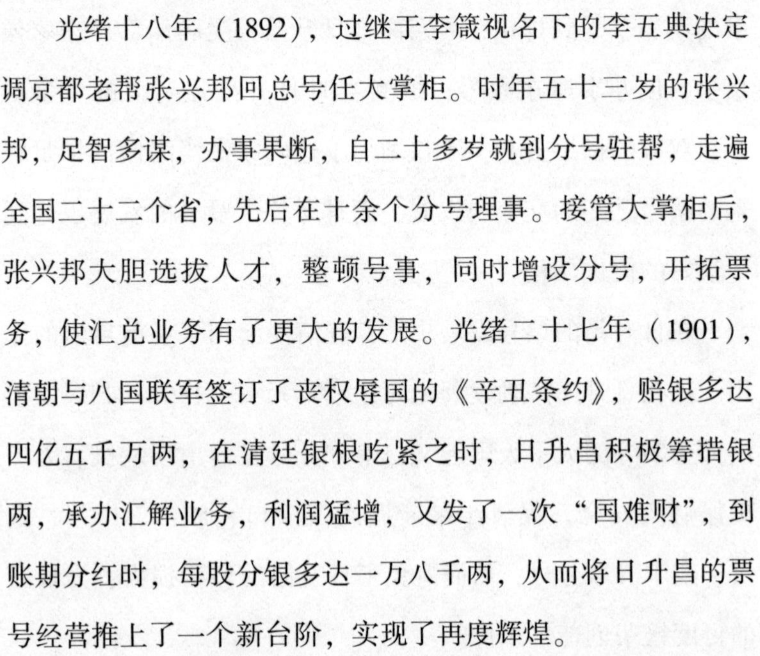

郝可久于光绪十三年（1887）病逝，接任者为当时的二掌柜王启元。此人人品端正，德才兼备，可惜操劳过度，身体虚弱，仅任一年大掌柜便病逝。

光绪十八年（1892），过继于李箴视名下的李五典决定调京都老帮张兴邦回总号任大掌柜。时年五十三岁的张兴邦，足智多谋，办事果断，自二十多岁就到分号驻帮，走遍全国二十二个省，先后在十余个分号理事。接管大掌柜后，张兴邦大胆选拔人才，整顿号事，同时增设分号，开拓票务，使汇兑业务有了更大的发展。光绪二十七年（1901），清朝与八国联军签订了丧权辱国的《辛丑条约》，赔银多达四亿五千万两，在清廷银根吃紧之时，日升昌积极筹措银两，承办汇解业务，利润猛增，又发了一次“国难财”，到账期分红时，每股分银多达一万八千两，从而将日升昌的票号经营推上了一个新台阶，实现了再度辉煌。

张兴邦任大掌柜十多年，忠心耿耿，励精图治，贡献卓著，使日升昌再度辉煌。他善于总结日升昌发展过程中的经验教训，尤其在培养、任用、考核人才方面，他总结说：“设之以谋，以观其智。繁之以事，以观其治。示之以难，以观其勇。远则易欺，远使以观其志；近则易狎，近使以观其敬；繁则难理，繁使以观其能；杂则难办，杂间以观其智；急则易爽，急期以观其信；财则易贪，委财以观其廉；名则易变，告危以观其节；杂处易淫，派往繁华之地观其性。”

张兴邦惜才爱才，任上发现并重用了为日后日升昌做出过重大贡献的王治臣，将大胆又善交际的邱泰基调任上海分号执事，北京分号的梁怀文则回到总号任二掌柜。旗下众多的干将共同打造了坚不可摧的日升昌。

一位沿街乞讨的老妇人偶然发现丈夫生前留下了已经达三十年之久的一千五百两汇票，张兴邦为其如数兑付的故事，更成为他任上的一段佳话，使日升昌“天字一号”的金字招牌更加闪亮，诚信经营的理念赢得了广泛的赞誉。

光绪三十四年（1908），为日升昌辛苦操劳几十年的张兴邦因病而终，享年六十九岁。这位继雷履泰之后再次将日升昌带上辉煌之巅的大掌柜，在大清帝国已经步入没落、国内国际形势风云变幻的时代，能够将日升昌的票号业务做到兴旺发达，着实令人叹服。他去世后，财东李五典更是亲自为他主持葬礼，厚葬了这位立下汗马功劳的大掌柜。

张兴邦去世一年之后，大清最后一位皇帝溥仪登基，时局更加动荡不安，各地分号的经营每况愈下，尽显疲态。同时李五典改变了过去的“经营权与所有权分离”的管理模式，实行共同执掌号事，造成了东伙互不信任的局面。接任大掌柜的郭树柄不识时务，与财东一起孤立颇有才华的二掌柜梁怀文，导致梁怀文愤然离职，从而加速了日升昌的没落。加上外国银行此时纷纷进入，大清官方银行正式成立，竞争异常激烈，内外交困的日升昌面对纷繁变幻的政治局势显然无力应付，从此一蹶不振。

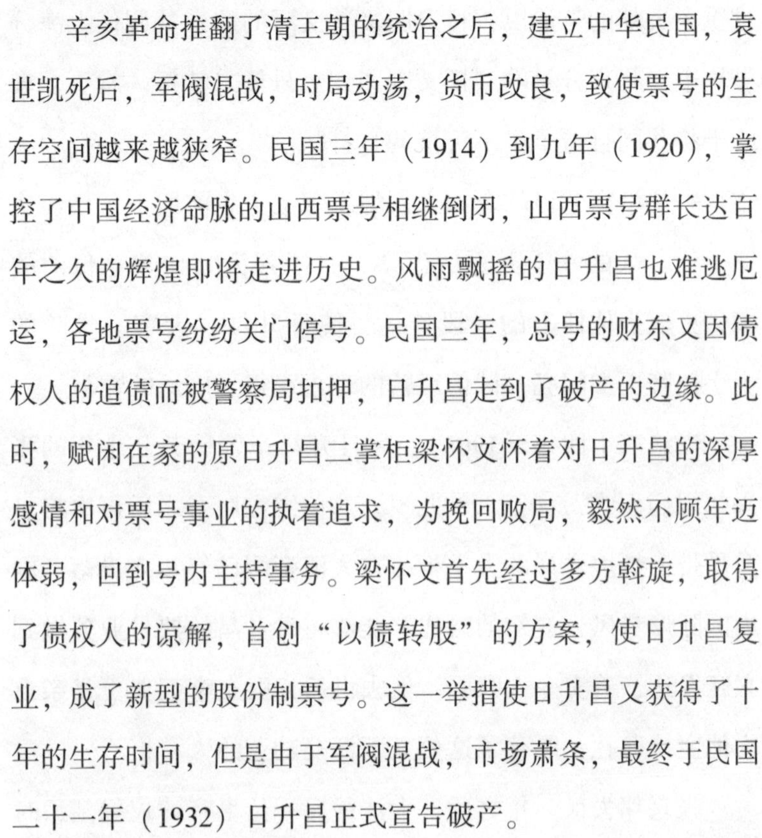

辛亥革命推翻了清王朝的统治之后，建立中华民国，袁世凯死后，军阀混战，时局动荡，货币改良，致使票号的生存空间越来越狭窄。民国三年（1914）到九年（1920），掌控了中国经济命脉的山西票号相继倒闭，山西票号群长达百年之久的辉煌即将走进历史。风雨飘摇的日升昌也难逃厄运，各地票号纷纷关门停号。民国三年，总号的财东又因债权人的追债而被警察局扣押，日升昌走到了破产的边缘。此时，赋闲在家的原日升昌二掌柜梁怀文怀着对日升昌的深厚感情和对票号事业的执着追求，为挽回败局，毅然不顾年迈体弱，回到号内主持事务。梁怀文首先经过多方斡旋，取得了债权人的谅解，首创“以债转股”的方案，使日升昌复业，成了新型的股份制票号。这一举措使日升昌又获得了十年的生存时间，但是由于军阀混战，市场萧条，最终于民国二十一年（1932）日升昌正式宣告破产。

历史的巨轮终将滚滚向前，日升昌这个曾经执中国金融之牛耳的金融大厦终于化为历史的尘埃，它的消失也预示着一个适应时代发展的现代银行业正式走上了历史的舞台。

回顾日升昌的辉煌历史，体味日升昌的创始人雷履泰以及之后的几代商界精英的故事，总让人感慨万千。日升昌的成功首先得益于创始人雷履泰的独有的商业嗅觉和其在票号管理上的开拓创新，在日升昌一百余年的发展历史中，充满了这几代人超人的智慧。经专家考证，日升昌票号创立时间最早，延续年代最长，网点分布最多，其经营管理之善，经济效益之好，凝聚了晋商文化之精髓，开辟了时代金融之新径，实为中国第一票号。日升昌的成功经验大体有以下几点：

一是以雷履泰为首的大掌柜们有一种开拓创新的精神。开办票号就是一个创举，经营票号的过程中各个掌柜们从管理制度、分配方式到网点布局，无不是不断摸索，不断开拓创新，在一个前无古人的天地描绘了最美的图画，不仅取得了辉煌的业绩，而且为我国现代企业制度的诞生提供了丰富的可资借鉴的经验。

二是有着一套独具特色的分配制度。日升昌创立的红利分配制度极大地激励了伙友们的工作积极性，人员流动性很小，大部分伙计毕生为日升昌服务。顶身股一项，据日升昌票号的万金账记载，最初六年结账一次，后改为四年结账一次，每次结账最高每股分红一万二千两。可以说，这是一个典型的高薪养廉体系。

三是实行了所有权和经营权分离的经营管理制度。在封建社会，能够创出这种新的管理体制，的确令无数后人叹服。这种颇具现代意义的管理制度，规定掌柜对票号的资本运用和人事全权负责，财东不干预，从而为大掌柜发挥其创造力、施展才华提供了必要的条件，才使得日升昌在发展过程中能够不断创新，不断得到发展。

四是有一套严格、完备、高效的管理体系。日升昌从人员的培训、任用、考核，到具体汇兑业务的信用、操作等方面都制定了极其严格和完备的制度，从而提高了规避风险的能力，呈现良性循环的发展格局。它所制定的制度很多仍被当今的银行企业所沿用。

五是诚信为本，童叟无欺，有很高的商业信誉。张兴邦时代对一个老妇人的兑付事件就最能说明日升昌的信用体系。正是有了良好的信誉，日升昌的商业规模才能够不断扩大，经营范围才能更加广阔。

日升昌走过了它百年的辉煌之路，也留给后人太多的思考，在它消失之后的又一个百年里，无数的商人、学者到平遥“寻根问祖”，更有现在的众多银行和保险机构将日升昌旧址作为德育教育的基地。日升昌对于后人充满了无限的吸引力。2001 年、2002 年、2005 年，江泽民、朱镕基、胡锦涛等党和国家领导人曾到这里参观考察，无不对日升昌的发展历史和巨大成就赞赏有加。三位领导人对日升昌面临危机时采用的“债权转股”这一经济现象表示赞叹，同时肯定了日升昌两权分离管理制度的历史价值和现实价值。

红顶商人——胡雪岩

“做官要学曾国藩，经商要学胡雪岩”，这里说的是近代以来人们从政经商的两个楷模；“古有先秦陶朱公，近有晚清胡雪岩”，这里说的是在中国商业史上可以并称的两位人物。从这两句俗语中，我们不难看到胡雪岩巨大而深远的历史影响。

提起胡雪岩，人们首先想到的就是“红顶商人”，这是因为胡雪岩曾被清廷恩赏红顶戴，钦赐黄马褂，获得了作为一个商人所能得到的最高殊荣。的确，胡雪岩可以说是一个官商，其发迹与极盛均与官府有着密切的关系，他也在我国近代化进程中的兵战和商战中立下了汗马功劳，同时，中外经济利益集团的打压和围剿、朝廷内部政治派系的矛盾和斗争也导致了胡氏商业王国的迅速崩溃和覆灭。其间的成功之道固然值得我们总结和弘扬，而其中的沉痛教训同样需要我们探索和汲取。胡氏的一生功业和不凡道路无疑是一个非常完整的商业经营管理个案，是一份重要的中国商业文化遗产。

一、从徽商说起

胡雪岩（1823~1885），名光墉，字雪岩，安徽徽州绩溪县胡里村人。这里正是中国商帮巨擘——徽商的中心区域，而他出生的时代，也正是徽商足迹遍海内、名声满天下之时。因此，有必要从名震天下的徽商说起，以便了解胡雪岩成长的地域文化环境和时代背景。

徽商是旧徽州府（歙县、休宁县、婺源县、祁门县、黟县、绩溪县）商人或商人集团的总称，又称新安商人。徽商历史源远流长，从东晋始这个地区就有商人活动，唐宋时期得到较快发展，明成化、弘治年间达到鼎盛，清末随着封建社会的衰落而逐渐褪去昔日光彩。

徽州地处安徽南部，素有“七山半水半分田，两分道路和庄园”之称，崇山峻岭，密林沟壑，耕地稀缺，人们的生存条件非常恶劣。同时，封建时代战争频仍，每逢战乱，难民多来此躲避，更加重了当地老百姓的生存压力。恶劣的生存环境，巨大的生活压力，逼迫徽州人放弃农耕生活方式，谋求其他的生存手段。尽管徽州耕地稀缺，但是物产却很丰富，盛产竹木、茶叶（尤其是祁门茶和松萝茶）、陶土（景德镇的制陶原料白土，就产于徽州），同时手工业也很有特色，文房四宝闻名全国，其纸、笔、墨和砚均享誉全国。丰富的土特产为担负巨大生存压力的徽州人提供了外出经商谋生的良好条件，于是从东晋开始，随着我国经济重心的不断南移，徽州人便纷纷走出大山，利用便捷的水路外出经商，不想之后的三百多年里，他们创造了一个个辉煌的成就，将“徽商”二字永远镌刻进了中国商业发展的史册。

穷则思变，徽州人除了拥有得天独厚的物产资源以外，他们还具有思变的精神和崇儒重儒的文化素养，敢于打破重农抑商的封建传统，以商代耕。经商活动中，他们自觉运用儒学思想规范自己的行为，讲究义利之道，见利思义，以义取利，讲究诚信经营，善于把握商机。功成名就后的徽州商人，更乐于加强家乡的文化建设，捐资助学，刻书藏书，编修方志，邀人讲学，培养子弟读书做学问，从而不断提升本地区人民的整体文化素质，不断滋养着徽州商人的商业活动。明代中叶以后至清乾隆末年的300余年，徽商进入发展的黄金时代，无论营业人数、活动范围、经营行业与资本，都居全国各商人集团的首位。当时，经商成了徽州人的“第一等生业”，成人男子中，经商者占70%，极盛时还要更多。徽商的活动范围遍及城乡，东抵淮南，西达滇、黔、关、陇，北至幽燕、辽东，南到闽、粤。徽商的足迹还远至日本、暹罗、东南亚各国以及葡萄牙等地。

胡雪岩于1823年出生在经商风气浓厚的徽州绩溪，这里山清水秀，自然环境优美，同时名人辈出，文风鼎盛，他的父亲就是当地的名士。胡父除了耕种几亩薄田，也和大多数徽州人一样依靠一些生意维持家庭生活。

由于家里人口多，排行老三的胡雪岩仅仅念了两年私塾就开始辍学替别人家放牛。几年后，父亲又身患重病，临终前对十二岁的胡雪岩嘱咐道："欲兴吾家，唯有顺儿（胡的小名）乎！"父亲去世后，对胡雪岩影响极大的母亲金太夫人带着几个孩子相依为命。这位封建时代了不起的女人对几个孩子进行了良好的人格教育，面对困苦的生活，她用诚信乐观、勤俭坚忍、宽厚包容的处事风格潜移默化地影响着胡雪岩，为胡一生成功缔造商业帝国提供了无尽的精神支持。

二、创业维艰

胡雪岩日复一日的放牛生活终于在两年后的一个下午结束了。那天下午，十三岁的胡雪岩和往常一样上山放牛，在路上却捡到一个蓝色的背包，打开一看，竟然是价值不菲的金银财宝。面对这堆足以改变胡家命运的捡来之物，年轻的胡雪岩却冷静思索，不为金钱所动，毅然决定耐心等待失主的到来，并把失物藏于安全之地，以防冒领。太阳将要落山时分，胡雪岩才盼来神色慌张的失主，待确认后，胡雪岩才将背包完璧归赵。失主当场拿出碎银以表谢意，又被这个少年拒绝。

年纪轻轻但做事老练又有良好品质的胡雪岩让失主彻底感动了，他当场表示："小兄弟，你放牛太可惜，到外面闯闯吧，我大阜镇有个杂粮店，到我那里去吧！"胡雪岩没有当场答应，说要请示母亲。待回家得到母亲的支持后，胡雪岩作别家人，走出绩溪大山，从此开始了他的经商生涯。

在杂粮店里，胡雪岩异常珍惜这来之不易的工作机会，做事踏实认真，手脚勤快，深得老板的信任。两年后，一位金华来的客商谈生意时突患重病，无人照应，胡雪岩便跑前跑后，伺候这位客人至病愈，令客商甚是感动。在了解了已经成为做事成熟老练的店伙计的胡雪岩的底细后，这位客商真诚邀请胡雪岩随他到繁华商埠金华工作，而胡雪岩态度却很明确，是老板收留了他，如果老板这里需要，他就要在这里干下去。这位客商又到杂粮店老板那里做工作，请求给这位少年才俊更大的发展空间。店老板允诺后，胡雪岩便跟随金华火腿行的这位老板来到金华，而且在这里他开始真正了解商业买卖之道，第一次看到影响他一生的银票。他对银票产生了浓厚的兴趣，暗下决心将来要到钱庄去从事这个神奇的职业，他的人生第一次有了明确的目标。

胡雪岩除了在火腿行认真做事外，开始了解钱庄的有关事务。得知从事钱庄工作的学徒要算盘好，写字漂亮，他便暗暗练习书法和珠心算，他下定决心用积累的实力来等待他梦想的机遇的出现。

在他离开家的第六个年头，机会终于来了。经过六年的历练，六年的经验积累，六年的勤奋学习，胡雪岩已经成为一个出类拔萃的好伙计。杭州阜康钱庄的老板来金华火腿行几趟后，越发喜欢胡雪岩，向胡雪岩正式发出到钱庄工作的邀请，从而使胡雪岩在短短的六年时光里完成了从一个放牛郎到钱庄伙计的三级跳，走进了他向往已久的钱庄。

十九岁的胡雪岩第一次来到风景秀丽的杭州城，然而他无暇去领略这如画的人间美景，而是一门心思地学习钱庄业务，整整两个月脚未踏出店门半步，甚至还婉拒了师傅邀他出去走走的美意。从练习坐功到算银票、包银圆、串铜钱，他无不认认真真、仔仔细细，另外抹桌子扫地也是坚持天天如此，对待客人热情周到，甚至连为老板端洗脸水倒尿壶，他也能做得妥妥帖帖，从而赢得了钱庄上下的一致称赞，经受住了钱庄对新来人员的一次次严格考验。

日复一日，年复一年，他总是那么的敬业，那么的刻苦。按照钱庄的规定，学徒五年满才可以正式成为钱庄的职员，而胡雪岩却提早了整整一年，老板已经迫不及待地提升他为跑街，也就是到外面经营揽储和房贷业务。由于胡雪岩在之前五年的时间里早已经熟悉了跑街的业务流程和工作技巧，仅仅做了半年的跑街，又被提升为出店，也就是有一定经营权力的业务主管了。凭借娴熟的业务技能，胡雪岩认真揣摩不同客户的心理需求，成绩不断攀升，深得老板的赏识。

眼看胡雪岩取得如此骄人的成绩，钱庄老板便向胡雪岩私下透露想提拔他为钱庄的掌盘，也就是总经理，不料被胡雪岩以年纪尚轻、资历尚浅为由拒绝了。面对这个钱庄仅次于老板的职位，胡雪岩之所以予以拒绝，是因为他心中有了更大的目标——有朝一日要自己做钱庄的老板，现在在外面跑业务更利于自己与外面客户保持紧密的联系。

机会总是垂青于不断努力的人。正当胡雪岩为自己的人生目标孜孜追求的时候，钱庄于老板却身患重病，而其膝下无子，正为身后钱庄的经营发展犯愁。因为胡雪岩年纪轻轻就能对钱庄业务了如指掌，对职位、薪水又如此淡然，于老板终于在临终的前一刻下定了决心，将亲友和朋友唤至床前，正式宣布将阜康钱庄交给胡雪岩打理，望他能够使钱庄有更大的发展。

二十七岁的胡雪岩靠自己的努力拼搏和出乎意料的机遇终于实现了他人生的第一个目标，自己做起了钱庄的老板。这不禁让人感慨唏嘘，更对这位踌躇满志的年轻的阜康钱庄老板的未来充满无限期待。

三、宏图初展

胡雪岩之所以日后能取得令无数人叹服的辉煌业绩，与他在获得钱庄老板身份时结识的一位朋友是分不开的。

胡雪岩在任出店的时候，闲暇时分总喜欢在一家茶馆喝茶聊天，其间认识了一位从福建来杭州的贫困书生王有龄，并对他的遭遇深表同情。王有龄出身官宦世家，无奈到了父亲的时候家境败落，他自己又屡试不中。父亲先是为他捐了一个盐大使的虚衔，然后携其北上，想托关系谋得一个实缺，不料到杭州后囊中所剩无几，同时又身患重病，不久便客死杭州。埋葬了父亲后，王有龄悲观失落，整日在茶馆闷坐。胡雪岩在观察了一段王有龄之后，觉得此人如果能够进入官场，肯定能有一番作为，于是便想帮他一把。

事情的进展异常顺利，正巧胡雪岩在下定决心要帮助王有龄的时候，钱庄由胡雪岩负责的一个客户的一笔死账在他的巧妙运作下拿了回来。于是胡雪岩决定先挪用一段时间再归库。他找到王有龄，几杯酒下肚后，便诚心诚意地告诉王有龄："我这里有五百两银子闲置，正好可以帮兄弟一把了！"王有龄听罢大为吃惊，连忙推辞，而胡雪岩则真心实意地告诉王有龄："我是借用给你，等你日后有了一官半职再还，我是真心想帮你走出困境！"王有龄确实需要这样一笔经费，内心不禁涌出阵阵暖流，对胡雪岩感激涕零，表示要奋力一搏，北上取得成功，日后必当报答。两人结拜为兄弟后，王有龄便匆匆北上。胡雪岩为自己未来的事业发展投下了第一个筹码，为他未来的金融帝国布下了一枚举足轻重的棋子。

王有龄得到资助后便精神抖擞地北上寻找机会，不久便在京城了解到一个叫何桂清的二品大员乃是他父亲当年的仆人的儿子，也是自己的伴读，不想他多年不见竟然取得如此地位。见到何桂清后，王有龄将这几年的悲惨遭遇向何桂清诉说一番，令当年曾经受到王家礼遇的何桂清很是感慨，他当即向浙江抚台黄宗汉写了封举荐信保举王有龄。

在胡雪岩和王有龄的共同努力下，王有龄终于获得了实缺，被委任为海运局衙门的“坐办”，具体承办江浙一带向朝廷调粮运粮的业务。而此时，胡雪岩已经成了阜康钱庄的老板，从此，两个患难知己携手在各自的领域大展身手，人地两生的王有龄靠胡雪岩的良好社会关系筹粮调粮一帆风顺，工作深得黄宗汉的赏识，而胡雪岩则为这些商品的周转提供金融服务，取得了不菲的经济回报。

1855 年，王有龄升任仁和知县，随即他便任命胡雪岩担任粮台一职，将全县县库设在阜康钱庄，财政完全交由胡雪岩代理。阜康则凭借王有龄的官方背景显示出雄厚实力，存贷业务不断扩大，大小官员纷纷将银两存于胡雪岩处，而胡雪岩总是巧妙给他们做好财产的保密工作，公开的存折上都是些象征性的数字，深得官员们的信赖。

王有龄在升任知县不久再次获得升迁机会，担任湖州知府一职，继而又任江苏布政使，接着又坐上了浙江巡抚的交椅，掐指算来从补缺开始仅仅用了十三年的时间，真可谓平步青云，官运亨通。而胡雪岩有了患难知己王有龄的官方背景，在商业领域如鱼得水，经过精心筹划，把一个小小的钱庄经营成了江南一带响当当的银号。

胡雪岩先是在银钱业内招贤纳士，招聘宓文昌、戚翰文两位资深人士加盟阜康钱庄。接着，完成资金的原始积累后在十里洋场的上海设立了两个分号，由戚翰文代为打理。在王有龄任湖州知府时，胡雪岩又在湖州设立分号，同时顺理成章地承担下湖州府衙的税款业务。随着钱庄业务在各地的蓬勃开展，阜康的实力不断增强，资金的积累也在不断扩大。眼看存款数额越来越大，胡雪岩又打起了湖州生丝的主意，以充分利用闲置资金，增加资金的流动性和利润率。经过几番考察，阜康先是从丝农那里收购生丝，然后运往上海卖给洋商，赚取收售差价，利润相当可观。同时，他还利用资金广置农田，进行农业开发。

在王有龄升任浙江巡抚时，阜康的银号业务已经遍布江南，分号达到二十多家，各项业务开展得红红火火。1852年，胡雪岩还用五千两银子向清朝政府捐得候补道的虚衔。

清朝后期国内形势风云变幻，在胡雪岩事业蒸蒸日上之时，咸丰十一年（1861），太平军包围了杭州城，城内弹尽粮绝，乱成一片。紧急关头，王有龄拿出两万两银票和两封书信交给胡雪岩，托他紧急调拨粮食，向江苏巡抚和闽浙总督请求帮助。胡雪岩在迅速将钱庄资金和人员安全转移到上海后，乘一叶小船悄悄到达宁波，筹集粮米，等带着二十艘米船日夜兼程到达杭州城附近时，却得到噩耗，杭州城破，王有龄上吊自杀。

此消息犹如晴天霹雳，震得胡雪岩差点晕倒，痛失自己的患难兄弟、事业的政治搭档，对胡雪岩的打击之大可想而知。他不禁失声恸哭，一个蒸蒸日上的阜康，一个怀揣梦想的商界奇才难道就要在未达到腾飞之时就功亏一篑了吗？

胡雪岩无奈之下，趁米价高涨之际卖掉粮食，到上海的银号打听杭州方面的消息。一段时间后，终于得到左宗棠带领军队进入浙江，将要攻克杭州的消息。胡雪岩不禁为之一振，一来杭州收复可以告慰好友的在天之灵，二来他想借助自己与王有龄的关系结识左宗棠，因为他深知没有官场上的关系自己的银号经营将举步维艰。

经过冷静、周密分析之后，胡雪岩在上海重新购买粮食两万石，并带上王有龄临终给的两万两银票向左宗棠的军队驻地衢州进发。

经过层层关卡终于见到了左宗棠大人，而左宗棠已经知道了胡雪岩跟王有龄的关系，还得到举报说他贪污了王有龄卖粮的巨额公款，因此对其不冷不热。胡雪岩乃聪明之人，在左宗棠面前连忙下跪，说："臣胡雪岩，特向大人请罪！"在向左宗棠呈上两万两银票后，胡雪岩将事情经过一五一十地向其诉说。之后，胡雪岩向左宗棠表示："听说左大人正要攻下杭州，特备来两万石粮米，以助大人完成收复杭州的宏愿，也告我友王有龄之灵。"说罢，他已是泪流满面。

左宗棠听到此，不禁为胡雪岩的真情感染，也为这两万石粮米疑惑起来："你既然已经把银票交还，怎么还运来两万石粮米？这要花费不少银两呀！"胡雪岩则诚恳地说道："小人无所图，只想履行王大人生前所托，感谢大人收复杭州！"左宗棠还是不解，说："既然如此，我会上奏朝廷，算你补缺的银两吧！"胡雪岩则笑答："谢谢左大人！雪岩是商人，一生只会做事，不会做官！"

一句话彻底打动了左宗棠，他开始重新审视起眼前这位曾经让他憎恶的胡雪岩，于是他邀请其共进午餐，继续了解胡雪岩。一顿饭下来，左宗棠深为胡雪岩的表现感到满意，认定胡雪岩是一个能够承办大事的好帮手，并当即将当前燃眉之急军队所需粮食之事交由胡雪岩具体办理。

胡雪岩冒险求见左宗棠，不仅洗清了自己的不白之屈，同时靠着良好的口才和捐献粮食的义举取得了朝廷重臣左宗棠的初步信任，也为遭受战争洗礼的阜康钱庄争得了难得的发展转机和更大的发展空间。

四、纵横捭阖

胡雪岩在得到左宗棠的信任后，凡是由左宗棠交办的事情，无论大小，总能完美交差，深得左宗棠的信赖，两人关系愈加牢固。作为一名有着远大抱负的年轻商人，胡雪岩对给予左宗棠的帮助始终不求回报，甚至更多的是慷慨地拿出阜康钱庄的资金在为官府做事，而左宗棠能够做的是给他提供更多的商机，拉拢更多的大臣甚至皇亲成为胡雪岩的人脉资源，或向朝廷奏请一虚衔而已，但这对胡雪岩来说就是他事业能够不断发展的最为难得的帮助。胡雪岩在左宗棠的政治生涯中做了几件让世人无不敬仰的大事，不仅巩固了左宗棠的政治地位，而且也将他“中国古代商圣”的名号写进了中国古代商业史话里了。

在左宗棠筹谋收复杭州城的过程中，胡雪岩在不断筹措军用粮食的同时，积极建议左宗棠效仿李鸿章的常胜军，建立他的洋枪队——常捷军，以先进的军事力量对付大刀长矛的太平军。左宗棠全权委托胡雪岩办理此事。胡雪岩手拿左大人的书信到上海拜见负责外交事务的李鸿章，不料却因李、左二人关系不和而被李鸿章三言两语给打发了。胡雪岩是个不达目的决不罢休的人，何况为左宗棠大人办事，他是

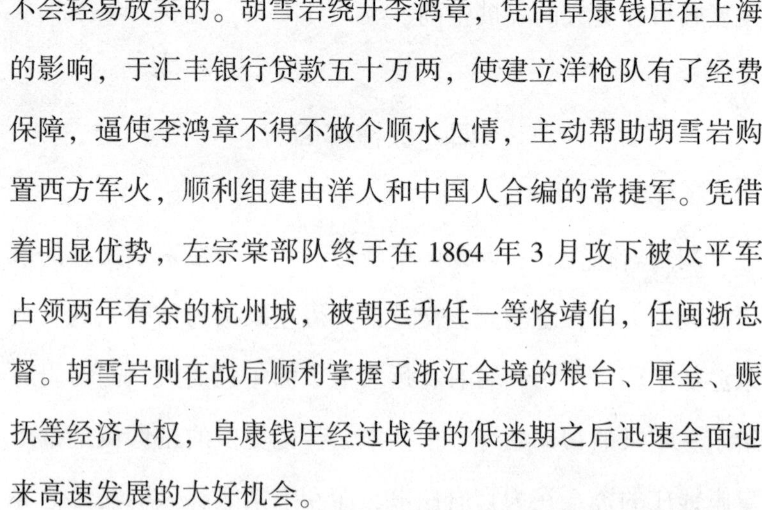

不会轻易放弃的。胡雪岩绕开李鸿章，凭借阜康钱庄在上海的影响，于汇丰银行贷款五十万两，使建立洋枪队有了经费保障，逼使李鸿章不得不做个顺水人情，主动帮助胡雪岩购置西方军火，顺利组建由洋人和中国人合编的常捷军。凭借着明显优势，左宗棠部队终于在1864年3月攻下被太平军占领两年有余的杭州城，被朝廷升任一等恪靖伯，任闽浙总督。胡雪岩则在战后顺利掌握了浙江全境的粮台、厘金、赈抚等经济大权，阜康钱庄经过战争的低迷期之后迅速全面迎来高速发展的大好机会。

饱受战争之苦的杭州城满目疮痍，百废待兴。面对这样一个自己的起家之地，胡雪岩再次表现出中国良商的素质。他没有趁此利用自己的官方背景大发国难财，而是将自己的经营所得无偿拿出来安抚这个受伤的城市。他出钱将遍布大街小巷的死者，不论太平军还是清军或是城里的老百姓，一律埋葬，同时与官府齐心协力招抚太平军旧部，设立粥厂救济灾民，力劝歇业的杭州商人恢复市场秩序，赢得了上至左宗棠下至老百姓的赞赏。当战争瘟疫悄悄在城内蔓延开来的时候，胡雪岩忍着大儿子遭受瘟疫而死的悲痛，急忙召集省内名医研制药方，组织人员到各地购进药材，将研制的胡氏辟瘟丹第一时间免费发到老百姓手中，不到一周时间便奇迹般控制了疫情，一时间胡雪岩的名字传遍全城，阜康的企业形象迅速提升。胡雪岩的义举不仅救活了全城百姓，而且对他日后发展医药事业，建立普度众生的企业理念具有开拓意义。

鉴于胡雪岩在战后重建中发挥的巨大作用，左宗棠满怀感激地专门给朝廷呈上奏折：“江西候补道胡光墉，自臣入浙，委办诸务，悉臻妥办。杭州克服后，在籍筹办善后，极为得力，其急公好义、实心实意，诚非寻常办理赈抚劳绩可比……”此奏折让胡雪岩的名字进入了太后慈禧的视线，太后朱笔特批授胡雪岩按察使。

为巩固沿海边防，在一次与左宗棠交谈时，胡雪岩又提出在福建沿海设立船厂建造大船的建议，同时表示愿意为船厂的建设提供资金保障，并代为寻找技术支持，得到左宗棠的首肯，因为这件事一旦促成，船厂将成为国内第一家新式造船厂，无疑会为他的政治地位增加不少的筹码。

左宗棠先是向清廷上奏折，大意是：“欲防海之害而收其利，非整理水师不可；欲整理水师，非设局监造轮船不可；泰西巧而中国不必安于拙也，泰西有而中国不能傲以无也。”1866年，朝廷正式批准奏折，命左宗棠在福建马尾开建造船厂。胡雪岩履行诺言，忙前忙后，请来了两名法国的造船工程师做技术顾问，当时让福建船政局监督，由他们在船政学堂教习中国船员学习有关技术。船政局的经济也由胡雪岩全权负责。然而，船厂开建不久，朝廷下令左宗棠任陕甘总督，左宗棠在赴任前已向朝廷推荐沈葆桢任船政大臣，并推荐胡雪岩协办具体事务。1869年，船厂第一艘轮船“万年清”号下水，引起国内外广泛关注，左宗棠特向胡雪岩写信道贺：“闽局各事日见精进，轮船无须外国匠师，此是好消息……阁下创议之功伟矣。见在学徒匠作日见精进，美不胜收，驾驶之人亦易选择，去海之害，收海之利，此吾中国一大转机，由贫弱而富强，实基于此。”

在左宗棠任陕甘总督，主持收复新疆的战事中，由于清廷无法支付庞大的军费开支，胡雪岩便奔波于西北大漠与江南秀水之间，担任上海采运局委员，为他的政治靠山排忧解难，不仅源源不断地为西征军筹集了大批的粮食和药品，而且还帮助购置了大量的新式武器，方使左宗棠在朝廷面前立下的历时十二年完成的平定陕甘、收复新疆的宏愿得以一朝实现，把新疆这片广阔土地重新纳入中国版图，可谓功劳卓著。左宗棠也因此写出了他政治生涯中最辉煌的一笔，而这一笔饱含了他的得力助手胡雪岩的不计成本的无私援助。为此，左宗棠特上书朝廷：“胡光墉自奏派办理臣军上海采运局务，已历十余载，转运输将，毫无失误。其经手购买外洋武器，必详察良楛利钝，伺其价值平减，广为收购。遇泰西各国出有新式枪炮，随时购解来甘。……上载用以达坂城，测准连轰，安夷（指安集延的阿古柏部）震惧无措，贼畏之如神。……关陇新疆速定，虽赖兵精，亦由器利。则胡光墉之功，实有不可没者。……至臣军饷项，全赖东南各省关协接济，而催领频仍，转运艰险，多系胡光墉一手经理，遇有缺乏，胡光墉必先事筹维，借凑预解，洋款迟到，即筹借华商巨款补之，臣军倚赖尤深，人所共见。此次新疆底定，核其功绩，实与前敌将领无殊……兹就胡光墉呈报捐赈各款，合计银钱米价棉衣及水陆运解脚价，估计已在二十万内外，而捐助陕甘赈款，为数尤多，又历年指解陕甘各军营应验膏丹丸及道地药材，凡西北备觅不出者，无不应时而至，总计亦成巨款。其好义之诚用情之挚如此。”最后，左宗棠为其搭档胡雪岩请求破格优奖赏穿黄马褂，为胡雪岩赢得了这个破天荒的殊荣，因为按照惯例黄马褂只会赐给皇帝近身侍卫、皇亲国戚或者对朝廷有特殊贡献的人。不仅如此，左宗棠还向慈禧太后上奏胡雪岩奉母命捐银赈济的实绩，为胡老太太博得了正一品的封典，慈禧亲笔书写“淑德彰闻”匾额，真可谓锦上添花。

除了为朝廷为左宗棠做事之外，胡雪岩充分利用官方资源，精心筹划，使自己的阜康钱庄的经营范围和资产规模急剧膨胀，成为当时金融界的巨擘。阜康钱庄在胡雪岩与王有龄结交的时代充其量是个地方政府的小帮办，而三十九岁的胡雪岩自从结识并取得左宗棠的完全信任后，才真正做起了“国家生意”，一度成为垄断者、清朝廷的金融巨头，外设分支机构二十多家，资产在高峰期超过清政府国库储备金，达到白银三千万两。同时，胡雪岩利用金钱和左宗棠的影响

不断结交京城权贵，广织京城的关系网络，有朝廷重臣左宗棠的引荐，那些大腕们乐意与这个豪爽的银行巨头交往，成为胡雪岩阜康钱庄的重要客户和私人朋友，像光绪皇帝的父亲、醇亲王奕譞，慈禧身边红人李莲英等也都在胡雪岩重金讨好之下与其成为朋友。

除了银行业务，在实业方面胡雪岩也在不断扩大经营范围和规模。丝和茶是当时最受洋商青睐的两样出口商品，在这一领域也少不了胡雪岩的影子，而且胡一出手就是大手笔。在生丝经营方面，他改变直接与洋商交易的做法，与一个叫庞云缯的老板签订合同，阜康将江浙一带的鲜茧全部吃进，由庞老板建立缫丝厂，两人联手垄断了江南的生丝业务，阜康完全占据了与洋商在谈判桌上的主动权，洋商进口生丝必须通过阜康。在茶叶领域，胡雪岩利用早期购置的田地，种植茶树一万多亩。由于茶叶出口经常受洋商的压价，胡雪岩又一次凭借其雄厚的经济实力，每年拿出大量资金，几天时间就可以吃进几十万箱的茶叶，囤货居奇，逼迫洋商与阜康签订进出口合同，同时借此压低进口的洋布洋药的价格，在商贸中总是处在主动的地位。

胡雪岩进军医药领域也准备已久，待条件成熟后，1874年前后他决计筹办国药名店——庆余堂。这消息一经传出，立马吸引大江南北的医药专家慕名前来应聘，而面对大部分人的豪言壮语，胡雪岩独独选中了坚持经营医药第一位乃救人的余修初老先生，而且明确表示要赔钱三年。投资二百八十多万两的庆余堂，布置也很独特，有一块向内的匾额“戒欺”，铭刻了这位商业巨子的嘱托。胡雪岩亲作跋文“凡百贸易均着不得欺字，药业关系性命，尤为万不可欺。余存心济世，誓不以劣品弋取厚利，惟愿诸君心余之心，采办务真，修制务精，不至欺余以欺世人，是则造福冥冥，谓诸君之善为余谋也可，谓诸君之善自为谋也亦可”。为了买到真材实料，胡雪岩安排人员到全国各地坐庄办货；为了确保药品质量，不惜成本购买金银器具，坚持做好每个工序，同时竖起“真不二价”的匾额，坚持以质量取胜；为了提高知名度，开业之初免费施药，还在钱塘江建立码头，免费为百姓方便交通。胡雪岩的庆余堂经过了岁月的洗礼，凭借良好的信誉成功打造出“北有同仁堂，南有庆余堂”的名气，成为医药领域的一面旗帜，而且面对社会制度、经济环境的巨大变化，历经百余年依然保持了原有的风貌，依然焕发着勃勃生机，成为我国的重点文物保护单位和百年老字号企业。这是胡雪岩留给后世的最为宝贵的遗产。

1872 年初春的一天，杭州城元宝街上一处花园式豪宅前人声鼎沸，浙江巡抚杨昌俊等一大批地方官员前来祝贺乔迁之喜，而迎宾的正是纵横商海、穿梭官场的胡雪岩和他的两个儿子。胡雪岩事业几近巅峰之后也像其他中国古代商人一样，想起造房屋流于后世。他不惜重金聘请京城的著名设

计师，所用建筑材料均精中选优，所用木料更是从慈禧太后欲建造的圆明园的木料中偷偷购进，大厅的十三层吊灯则是胡雪岩亲自远渡日本挑选，可见这个豪宅在胡雪岩心中的重要地位。这座命名为“芝园”的豪宅占地十多亩，建设工期长达六年之久，整个园区有大大小小十六座院落，每个院落都有复道回廊、红栏雕柱、假山湖池，既有江南园林的秀美，又有皇家园林的堂皇，可谓美轮美奂。同治皇帝御书“勉善成荣”、左宗棠手书“水木湛华”匾额更显示出芝园主人非比一般的地位。迎着徐徐的春风，事业如日中天的胡雪岩望着簇拥而来的达官显贵，回望着自己倾力打造的如此恢宏堂皇的胡家大宅，忆起自己三十余年的成长历程，不禁感慨万千，放眼自己的后半生，有如这暖暖的春风，得意起来了。

五、大厦倾覆

清末的政治形势可谓风云多变，软弱可欺的清朝政府内忧外患，一个个如狼似虎的强国虎视眈眈，一条条商船布满我国的大小码头，一个个不平等的割地赔款条约冲击着本已羸弱的朝廷大厦。身处这样一个时代，阜康钱庄的命运也在胡雪岩即将迈入花甲之年的时候开始了走向急速崩盘的命运。

李鸿章和左宗棠的不和由来已久。左宗棠凭借西征战争的胜利占据上风，从西北上调朝廷军机大臣，再后来李鸿章得势，左宗棠因一句怀疑东太后驾崩的话让慈禧听到而再回江南任两江总督。渐渐占了上风的李鸿章深知，左宗棠的每一步成功都得力于胡雪岩的鼎力相助，倒左必须先拔掉胡雪岩这棵大树。李鸿章联手经营电报业务的商人盛宣怀，不断挤压胡雪岩，使胡雪岩在经营上愈来愈困难。

在生丝市场，胡雪岩凭借其雄厚的经济实力硬生生从外商手中夺过贸易主动权，但是外商一直在与胡雪岩进行着拉锯战，始终没有放弃主动权的争夺。从 1840 年以后，这些外商凭借他们国家的坚船利炮，同时凭借与李鸿章一帮朝廷重臣取得的良好关系，逐渐取得了蚕丝贸易的主动权，而胡雪岩是个不轻易认输的人，他每年投向生丝市场的资金高达一千多万两，占了阜康资本的三分之一还多，而且在不断增加。1882 年，胡雪岩出资订购生丝的资金竟然达到了两千万两，几乎倾尽其所有的流动资金，这种近乎赌博式的投资蕴含着巨大的风险。在这剑拔弩张的关头，天公不作美，国内生丝歉收，胡雪岩预计收购生丝 8 万包竟然只收到 6 万包，其他的订金都在丝农手里不肯拿出来，而欧洲的蚕丝出现了百年不遇的大丰收，“伦敦和欧洲大陆市场能够补够中国的歉收”，外商开始主动压价收购，而胡雪岩采取囤积的策略与他们对峙，以待来年市场有所改观。1883 年，中国的生丝再次减产，仅有三万五千包，而意大利的生丝再获丰收，洋商彻底冷淡了中国生丝进口生意，丝价开始出现大跌，而胡雪岩仓库内积压的大批生丝开始出现发黄变色。眼看回本无望的胡雪岩在与洋商的相持斗争中第一次尝到了失败的痛苦，无奈放弃主动权，赔钱出货，亏损高达150万两。

而就在胡雪岩焦头烂额之际，上海出现了工业投资的高潮，新设的工厂纷纷向投资者招股，推动股价大幅走高，吸引大批商户和钱庄大量吃进股票。作为国内金融业旗舰的阜康钱庄当仁不让地卷入了这场洪流之中，胡雪岩还想在这里面赚回他在生丝市场的亏损。1883年底，正值银根收紧之时，而不断攀升的股票开始下跌，引发抛售，从而造成个人储户大批提现。阜康这时候一大部分在丝农手中的订金尚未收回，股权投资尚未撤出，资金非常紧张，面对大批提现的储户，市场立刻出现了挤兑现象。

此时，李鸿章一帮看到了阜康钱庄的软肋，他利用心腹盛宣怀掌握的电讯大权，将阜康钱庄资金周转不灵的消息传遍全国各大城市，一时间，阜康钱庄的挤兑风潮席卷全国，引发全国性的金融风暴。李鸿章决计将胡雪岩置于死地，他看到了扳倒胡雪岩的绝佳机会。原来由阜康担保从汇丰银行借给清政府的一笔四百万两的外债正好到期，而胡雪岩当时在贷款之时吃回扣之事也被李鸿章查实，于是李鸿章安排其亲信在上海拒绝向汇丰银行还款，逼迫汇丰银行将胡雪岩吃回扣之事浮出水面。

五十九岁的胡雪岩此时面对这一切，深深感到他苦心经营的金融大厦危在旦夕，于是四处向以往关系良好的商业伙伴和朝廷中的朋友求救，而谁又愿意去帮助大势已去的阜康呢？只有已是风烛残年的左宗棠爱怜昔日的伙伴，劝胡雪岩尽快破产。1883 年农历一月初六，胡雪岩一天之内将所有的阜康钱庄、银号、当铺通电全国宣告破产，资产由官府处置。

面对惨局，胡雪岩苦撑着配合官府做好破产清算事宜。胡雪岩将芝园大小妻妾十几个召集起来，分发盘缠，让她们各自寻找出路，自己则搬离本打算留给后人的芝园，租下一处三间民宅暂住。对于小额的欠账，胡雪岩深知这些都是普通百姓的血汗钱，一分都不能少；对于达官贵人的巨额存款，他也深知这些人的厉害，不能烂掉，否则恐怕连小命也不保了，规规矩矩地连本带息奉上。而对于一般职级官员的存款，因为存款都是明暗两本账，明账只记尾数，在清算时谁也不敢按照实数索要，以免朝廷察觉，都吃了个哑巴亏。

刑部尚书协办大学士文煜在阜康也有五六十万两的巨额存款，然而他不愿意吃这个哑巴亏，脑筋一转，想到了胡雪岩尚保存完好且经营红火的实业——胡庆余堂。他立马上书皇帝“请捐十万两白银报效皇上”，同时敦请皇上对胡雪岩“先行革职，再饬左宗棠亲自追究，令其将公私各款逐一清退”。他想借皇上之手要回这笔巨款。

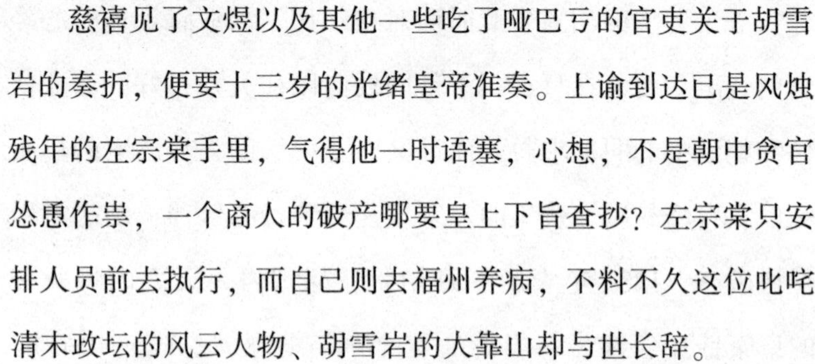

慈禧见了文煜以及其他一些吃了哑巴亏的官吏关于胡雪岩的奏折，便要十三岁的光绪皇帝准奏。上谕到达已是风烛残年的左宗棠手里，气得他一时语塞，心想，不是朝中贪官怂恿作祟，一个商人的破产哪要皇上下旨查抄？左宗棠只安排人员前去执行，而自己则去福州养病，不料不久这位叱咤清末政坛的风云人物、胡雪岩的大靠山却与世长辞。

靠山彻底倒了，查抄的官吏便有恃无恐，而文煜则亲临杭州，恬不知耻地当着浙江巡抚的面对胡雪岩说：“如今阜康库银一是空空，我在里面的五十万存款也就不难为雪岩了，把那个芝园和药铺抵给我好了！”资产高达六百万两的胡雪岩的心血就这样被文大人吞为己有，胡雪岩内心的苦痛可想而知！不过他随后便也想开了，纵使这两处财产不给文煜，在他手里恐怕也保不住了，最后只好签字将两处财产过户给文煜。也就是这个决定，才使芝园、庆余堂在今日仍然完好地矗立杭州城，成为我国首批文物保护单位，成为众人仰慕这位商界奇才的最好去处。

“屋漏偏逢连夜雨”，左宗棠去世后，李鸿章、阎敬铭等一批重臣不断搜罗胡雪岩的罪证，同时将他洋行借款吃回扣的事情透漏给慈禧，终使慈禧发怒，下旨“速将已革道员胡雪岩交州部治罪”，不过巧的是，胡雪岩还未等到这道圣谕，已经因痢疾在破败的小屋里溘然长逝。一代商神，就这样带着无尽的慨叹撒手人寰，终年六十二岁。

六、历史启示

胡雪岩的一生极富传奇色彩，短短几十年的时间，他从一个放牛娃成为富可敌国的巨商富贾，他替清朝政府向洋行借款，帮助左宗棠实现了伟大的政治抱负，求得慈禧太后亲赐的黄袍马褂，官封极品，成为赫赫有名的“红顶商人”，成为徽商的一面旗帜和中国古代商人的杰出代表，然而晚年却在短短的三年内急速破产，重新跌回谷底，回到原点，给后人留下了许许多多的思考。对于他的失败我们姑且不论，先来看看他成功的秘诀。

诚信是中国人为人处事的基本原则，更是每一个成功商人应该坚守的信条。这对胡雪岩也不例外。无论是胡雪岩借款于尚是贫困书生的王有龄，还是创办胡庆余堂坚持“真不二价”的经营理念；无论是胡雪岩与左宗棠等官员的交往，还是与各个外商的交手，他始终以诚信为本，从而使阜康从一小小的钱庄发展成为清末的金融巨无霸，打造了徽商最后一面大旗和良好的企业形象。甚至于在与外国银行借款业务中，清政府的信誉还不如胡雪岩个人的商业信誉。

胡雪岩帮助王有龄从一个落魄书生成长为浙江省的地方大员，起初更是丢掉了自己来之不易的饭碗，而他首先想到的是朋友义气，没有更多的利益驱动，而在王有龄殉难后，他不仅将购粮米的款额如数交给左宗棠，还加上了两万石粮米，为的是完成朋友的临终嘱托，为朋友报仇雪恨，而这恰恰打动了左宗棠，使两人成为官商搭档，共同书写了辉煌的历史。在与左宗棠的交往中，胡雪岩没有从左宗棠那里得到任何的直接利益，而他仍然忠心耿耿，筹建马尾船厂，组建常捷军，西征战事的后勤支援，都让胡雪岩付出了巨大的心血，投入了巨额资金，后来方有胡雪岩的借势发展壮大。

胡雪岩还具有超人的智慧和随机应变的才能。左宗棠领导的湘军与太平军以及沙俄的持续战争，给胡雪岩创造财富神话提供了千载难逢的契机。胡雪岩在王有龄殉难后不是心灰意冷，而是寻机找到更大的靠山，在与左宗棠建立互信后，又不失时机地替左宗棠出谋划策，利用左宗棠的影响结识京城一大批权贵，甚至让慈禧太后大加赞赏，亲赐黄马褂，给了江苏、江西、福建、浙江四省的税收代理权，无不显示出胡雪岩的超人智慧和善抓商机、随机应变的才能。

良好的人际关系和政商关系也是胡雪岩成功的关键因素。不论是志同道合的王有龄，还是阜康钱庄各个分号的经理、庆余堂的主管，胡雪岩首先是与他们交朋友，为他们购置田产、娶妻纳妾，建立深厚的友谊，后才一起共同发展事业，使这些人尽心尽力为胡雪岩的事业发挥最大的才智。朝中有人好办事，在官需要银子往上爬，在商需要官方的保护、优惠，胡雪岩深深懂得这一点。他先后结识了一大批朝廷和地方重臣，为阜康钱庄在各地的发展铺路，尤其依靠左宗棠实现了他建立金融帝国的愿望。当然，政商关系不仅成就了胡雪岩的事业，也使胡雪岩成为李鸿章和左宗棠长期政治斗争的牺牲品，最后使阜康这艘清末的金融航母如浮云般烟消云散。

面粉大王——荣氏兄弟

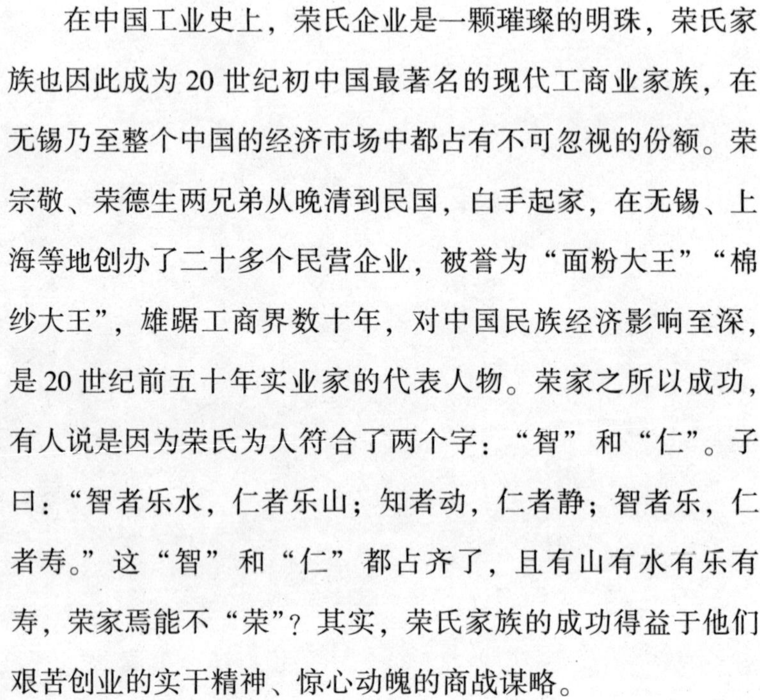

在中国工业史上，荣氏企业是一颗璀璨的明珠，荣氏家族也因此成为20世纪初中国最著名的现代工商业家族，在无锡乃至整个中国的经济市场中都占有不可忽视的份额。荣宗敬、荣德生两兄弟从晚清到民国，白手起家，在无锡、上海等地创办了二十多个民营企业，被誉为“面粉大王”“棉纱大王”，雄踞工商界数十年，对中国民族经济影响至深，是20世纪前五十年实业家的代表人物。荣家之所以成功，有人说是因为荣氏为人符合了两个字：“智”和“仁”。子曰：“智者乐水，仁者乐山；知者动，仁者静；智者乐，仁者寿。”这“智”和“仁”都占齐了，且有山有水有乐有寿，荣家焉能不“荣”？其实，荣氏家族的成功得益于他们艰苦创业的实干精神、惊心动魄的商战谋略。

一、艰辛开拓

荣家，这个中国最著名的现代工商业家族在20世纪初崛起于无锡，这里是近代民族工商业的发祥地之一。无锡是个有两千多年历史的江南名城，有山有水，山有锡山、惠山、龙山、灵山……水有太湖、京杭大运河，西南面紧挨着烟波浩渺的太湖，大运河穿城而过，其他各种河道交错（现在有许多河被填了修路，成了死水），水道畅通，加上地处苏南，长江三角洲最好的位置之一，陆上交通也很方便，早在晚清荣家兄弟办企业之初，就和上海通了火车。

无锡惠泉山麓五里湖畔的荣巷，小桥流水、清风碧荷、杏花缤纷，是一个典型的江南小镇。清同治十二年（1873），在荣巷居住的半农半商的小业主荣熙泰家中诞生了一个婴儿，取名荣宗敬。两年以后，第二个儿子也来到了人世，他就是荣德生（名宗铨，号乐农）。荣家祖上曾经做过大官，但到了荣熙泰这一代，家境却衰败下来。由于家境贫寒，荣宗敬在十四岁时就不得不离开学堂，到上海南市区一家铁锚厂当起了学徒，比荣宗敬小两岁的荣德生在私塾读书，因为父亲对他抱有很大的希望，认为他将来一定可以考科举当大官，但荣德生却不这么想，他一直以哥哥为榜样，想早日为家庭分忧。三年后，十五岁的荣德生乘着小木船从闭塞的无锡郊区摇进了喧闹的大上海。在兄长的引荐下，荣德生进入上海通顺钱庄做学徒，而此时荣宗敬则在另一家钱庄做学徒。荣宗敬雄才大略，而荣德生则讷于言而敏于行，平实勤励。

从上海做完学徒之后，他们就在上海鸿升码头开了一个名叫广生的钱庄。但是，他们并没有就此满足，荣德生还是继续奋斗，从十八岁起，他先后三次去广东三水河口税务局协助朱仲甫管理账务。那时，国门大开，西学东渐，中国沿海首得西方文化之浸染。而上海、广州又都为对外开放口岸，所以西方资本主义的商品经济、宗教文化、坚船利炮等在那里都能接触到。荣德生沐受新知，眼界大开，尤其是西方各国变法自强之风中那“物竞天择，适者生存”的响亮口号，使这位年轻人萌发了振兴祖国的强烈愿望和责任感。

二、面粉生意

一个偶然的机会，荣德生读到一本《美国十大富豪传》，从中了解到美国的大资本家、大财团都是办实业起家的，而且正是这些大资本家、大财团才使美国走上富强之路。他在日记中写道：“故一地必须有人提倡事业，开辟风光，人人节约勤恳，以有余之资，投入生产。如此有一人为倡，而影响一乡，由一乡而影响一县，由一县而影响一省，以至全国。如今之美国即是。”也许这段话正是荣德生日后办实业、富国家的蓝图。1900 年八国联军攻陷北京，荣德生闻讯大为震惊。他从广州回无锡探亲，在香港候船时，天天到码头探听消息。一天，暮色降临，微弱而温柔的阳光从高楼大厦的夹缝中挣脱出来，照射在香港码头的人群中，荣德生和往日一样，撩住长袍往码头走去。迎着清凉的海风，但见码头那边“雪片”满地，沸沸扬扬，白皑皑遮蔽海滩，唏嘘之声不绝于耳。荣德生好生奇怪，莫不是发生了什么战争？走近仔细一瞧，原来是码头工人在装卸进口面粉，粉屑散落一地。

他望着地上面粉屑中远远延伸的脚印，心里想：洋面粉大量进口，每年不下千万包，中国每年遗漏的不计其数，长此以往何为底止？只有中国人自己兴办面粉加工厂，才能解决民食所需，堵住外商巧取之途。创办面粉工业的念头由此萌发。

荣德生把自己的所见所想告诉了哥哥荣宗敬。尽管荣氏兄弟和父亲一起于 1896 年开设了一家广生银庄，但钱庄放账，博取微利，不如投资实业见效快。当时，外国面粉大量免税进口，销路甚畅，而且荣宗敬早已发现在钱庄汇兑往来中采购小麦的款项均为大宗，这说明市场面粉需求有增无减，投资面粉加工业，必有利可图。于是兄弟二人不谋而合，打算在面粉生产领域搏一把。

为了实现理想的投资效果，荣德生兄弟先进行了市场预测。其市场预测活动包括：

1. 市场需求预测。人都是要吃饭的，中国有四亿人口，且以食粮为主。所以，中国最大的市场是粮食市场，黄河以北大半个中国的人都吃面粉，虽然他们当时吃的是以土制面粉为主，但他们每年吃掉的面粉数量是惊人的。自洋面粉大量进口后，土制面粉市场出现了萎缩，洋面粉的市场需求日益扩大。黄河以南的大都市，社会高层人士以及在中国的外国人也都吃面粉，机制面粉肯定供不应求，这就是每年从国外大量进口面粉的原因。曾经在广州税务局工作过的荣德生深知洋面粉进口量之大，仅1900年就进口洋面粉四百四十一点四万担，价值白银一千三百九十八点四万两，市场供应仍然紧俏。据此证明面粉市场需求量很大，不愁没销路。

2. 市场产销预测。当时中国共有四家近代化面粉厂，即天津的贻来牟，芜湖的益新，上海的增裕、阜丰。四家面粉厂的年产量达不到全国需求总量的四分之一。据荣德生的估计，中国同时再开办十家面粉厂，也满足不了市场的需要。

3. 原料供应预测。中国北部地区和江南部分地区都是著名的棉麦产地。而且每年从上海汇到华北、无锡、常州购买小麦的邮额相当大，说明坐在上海就能保证原料供应源源不断。

4. 有利条件。办面粉厂机器设备比较简单，无须大笔资金，还可以免税，这些可谓创办面粉加工业的有利条件。

据此，荣氏兄弟坚信做面粉生意最赚钱。1901 年荣氏在无锡创办保兴面粉厂。1913 年又在上海创办福新面粉厂，1915 年创办申新纱厂，事业迅速发展，自上海、无锡扩展至武汉、济南等地。1928 年，荣德生组成茂新、福新、申新“三新”总公司，自任总经理，到 1930 年，总公司已有大型纺织厂九个，纱锭五十二万枚，布机五千三百台；面粉厂十五个，年产粉两千万包。由此，荣德生被称为近代中国有名的“棉纱大王”“面粉大王”。

三、三新财团

从市场商情变化中预测社会需求发展趋势，为企业寻找有利的方向和经营目标，是荣氏企业集团崛起的重要原因，也是荣德生获得“面粉大王”殊荣的重要因素。1900 年，荣氏兄弟决定放弃钱庄生意，打算做面粉生意。今天的“无锡民族工商业博物馆”，就是他们创建的茂新面粉厂的旧址，这是荣氏兄弟在一百多年前开办的第一个工厂，原名保兴面粉厂，位于古运河边上（穿无锡而过的京杭大运河是后来新挖的）。1900 年 10 月，荣氏兄弟以六千元的钱庄盈利作资本与人合伙筹集白银三万九千两，在无锡西门外一处三面临水的地方创办了第一个面粉厂——保兴面粉厂。该厂于1902年正式投产，是无锡第一家机制面粉厂，1916年改名为茂新第一面粉厂。在风光旖旎、梅花烂漫的江南名园梅园，陈列的几片齿痕已经销蚀的面磨，就是保兴面粉厂的最早设备。

不幸的是，保兴面粉厂兴建之初，就遭到地方封建势力的阻挠。地方绅士以破坏风水为由，提出诉讼，要求拆除厂房，转换厂址，几经奔走疏通，方得平息。外国厂家和买办阶级在机器购置和技术方面，又多方要挟、刁难，使荣家企业开店之初，步履维艰，颇不顺利。保兴厂从集资到开工，历时两年，于1902年开始投产，拥有法制石磨四部，麦筛三道，粉筛三道，日产面粉三百包。保兴因系初创，技术和设备都比较落后，加之产品初上市，尚无销路，所以盈利很少。1903年朱仲甫退出保兴，荣氏兄弟又与买办张石君等人合伙，将保兴改组为茂新，荣德生出任经理。

在发展面粉工业的同时，荣德生还腾出另一只手发展纺织工业，可谓双管齐下，吃穿俱全。1905年，荣德生集资三十万元，在无锡创办振新纱厂，这是荣氏企业涉足纺织工业的开端。与保兴面粉厂的命运一样，振新纱厂创立时，也遭到地方封建势力的无理阻挠。他们借故兴讼，无理取闹，几经和解才了案。1907年振新纱厂建成投产，荣德生任经理。1903~1905年日俄战争结束以后，各帝国主义国家在中国倾销其商品，达到高峰。据统计，1906年全国进口棉布值银一亿一千五百万两，1907年全国进口洋面粉四百五十万担，值银一千四百万两。同时，《马关条约》准许外国人在通商口岸从事“工艺制造”的规定，使英商老公茂、怡和，美商鸿源，德商瑞纪等先后在上海设立纺织厂。外国资本企业凭其雄厚资本和在中国的经营特权，在中国市场上横冲直撞，喧宾夺主。而中国民族企业资金薄弱，又无后盾，处处被动挨打，东躲西藏，在夹缝中求生存，荣氏企业正诞生在这个不幸的年代。

辛亥成功，民国肇建，北洋政府大兴实业，荣氏企业从中看到一线希望。然而，日商在上海已设立内外棉纱厂，进一步垄断了中国纱布市场。面粉工业压力较轻，行市转好，荣氏兄弟看准了面粉市场，与王禹卿等集资四万，于1912年在上海创办福新面粉厂，荣宗敬任经理。当年投产后，日产面粉一千二百包。其后两年，福新盈利颇多，相继开办福新二厂，日产面粉四千三百包，以及福新三厂，日产面粉五千五百包。1914年第一次世界大战爆发，英美帝国主义暂时退出中国市场，我国工业获得空前发展，面粉产量由输入国一跃而成为输出国，纱布市场亦渐供不应求，荣氏兄弟乘此良机，向日本银行借款数百万元，扩充营业。通过收买兼并，规模迅速扩大。这一年荣氏在无锡创办了茂新二厂，在上海创建福新四厂、六厂，在汉口新建福新五厂。次年，无锡振新纱厂拆股，荣氏兄弟乘机退出，在上海周家桥创设申新纱厂，装英机一万两千锭，日出纱三十多件。1917 年又收买恒昌源纱厂为申新二厂。

1917 年以后，荣家企业纱、粉各厂连年获厚利，以盈余投入再生产，形成良性循环，滚雪球似的不断扩大。到 1931 年，申新发展到九个厂，纱锭五十三万八千余锭，布机五千余台，全厂职员八百六十余人，工人三万一千余人，年产纱三十万件，布二百万匹。茂新发展到四个厂，年生产能力为三千五百万到四千万包。福新发展到八个厂。荣氏企业体系初步形成，1921 年在上海成立茂新、福新、申新总公司，荣德生任总经理，并在苏浙皖等省设立棉麦采购和纱、粉经销机构十九处。荣氏凭借雄厚实力，操纵纱布、粉麦市场，它生产的面粉占全国面粉总量的三分之一，以“兵船”为商标的面粉，不仅畅销国内，而且乘风破浪驶向英伦三岛、法都巴黎等。

面粉厂经营的成功，进一步激发了他们投资实业的浓厚兴趣。1915 年荣氏兄弟出资十八万元，创办申新纺织公司。到 1922 年，申新已有四个厂，产纱锭达十三万余枚，成为一个具有相当规模的纺织企业公司。申新的发展速度当时远远超过了其他民族纺织厂，20 世纪 20 年代的纱锭增长率甚至超过了在华日商纱厂。申新的“人钟”牌棉纱与“兵船”

牌面粉一样，畅销于市场，成为全国闻名的棉纱之一，荣氏兄弟因此又被誉为旧中国的“棉纱大王”。

“处处留心皆生意，失去机会等于丢掉事业和财富。”荣德生兄弟如是说。吃、穿乃人生之两大必需，须臾不可没有，荣氏兄弟即从此着手，一手经营面粉，一手经营棉纱，如车之两轮，鸟之两翼，相辅相成，并驾齐驱。不到二十年的时间，一个规模庞大的“三新财团”在他们兄弟俩手中诞生，下有茂新面粉厂四个，年生产能力四千万包；福新面粉厂十个，年生产能力上亿包；申新纱厂九个，年产纱三十万件，布二百万匹；还有机器厂、造纸厂等十多个。

荣氏企业的高速发展，得益于荣氏兄弟的经营之道：造厂力求其快，设备力求其新，开工力求其足，扩展力求其多。因之无月不添新机，无时不在运转，人弃我取，将旧变新，以一文钱做三文钱的事……总之，“遍地是黄金，看你认识不认识”。

四、商海搏击

1914~1918 年的第一次世界大战把西方资本主义国家都搅了进去。“一切为了战争”的口号，召唤着外国大小资本家从商场转到战场，此时在中国商场上角逐的变为纯一色的黄皮肤。荣氏企业由此进入了发展的黄金时代，1918 年的

盈利率达百分之七十四点二。同一时期，中国的纺织和面粉工业却由输入国变为输出国。比如中国面粉出口量，1914年为七万担，1918年为二百万担，1920年达四百万担，同一时期的中国棉纱品出口量也逐年增加。

1922年以后，战后世界新格局基本形成，中国仍然是世界列强共同宰割的对象，外国资本疯狂侵入中国市场，给民族工业带来毁灭性的打击。首当其冲的是荣家企业经营的面粉和丝织工业。据统计，1912年中国的丝织品输出量尚有一千五百零八万担，1923年下降到十三点一万担。日本丝织品在国际市场上畅销无阻，成为中国丝织品强有力的竞争者。更糟糕的是，1922年开始，荣氏企业就出现了亏损。兴建大型面粉厂的计划被迫放弃。为渡过难关，1922年初，荣宗敬向日本东亚兴业会社以常年一分一厘五的高息，用申新一、二两厂全部财产作抵押，借款三百五十万日金，以应付资金周转困难。为加强竞争力，荣德生于1924年在申新三厂实行改革，进一步提高工作效率，以利竞争。

在近代中国商业经营中，形形色色的敲诈时有发生，对付官僚的敲诈是一桩煞费心神的事。1927年蒋介石势力发展到长江下游时，上海由虞洽卿发起，号召实业界捐款给国民政府，以示拥戴。荣氏兄弟对此颇有微词，他们以为华厂独负此捐，将不利于与外商竞争，响应较迟缓。谁料，荣家的态度引起蒋介石的不满，国民政府军警人员声言要封查荣氏家产。因荣先生住在租界，蒋帮特务无法下手，遂唆使地痞无赖，封了荣先生在无锡老家的住宅。不得已，荣家花一大笔钱，将此事了结，算是破财消灾。

国民党政府裁撤厘金，施行统税，几乎就是明火执仗地敲诈工商业。国民政府的统税规定，大大增加了华商的税收，更利于外商在中国市场的竞争。为此，申新纱厂负责人向国民政府财政部长孔祥熙陈述华商的困难，希望国民政府能采取保护华商的政策，尽量考虑到中外厂家生产成本的悬殊。孔祥熙不问青红皂白，指责申新纱厂有意违抗政府税收，说："有困难，你们为什么不想法子克服？成本高了，你们为什么不让它降低？"言语不近情理。申新纱厂负责人见堂堂一部长出言不逊，毫无商谈余地，也就知难而退。统税制的实现，使荣氏企业每年多缴税款相当于一个纱厂的产值。

除应付官僚资本的敲诈以外，民族企业还经常遭受日商的吞噬。汉口申新纱厂创办以来，由于市场不景气，一直在困苦和歇业中挣扎。然而，汉口申新纱厂地理位置优越，除有足够的原料供应以外，它还与汉口福新纱厂为邻。两厂都是荣氏企业，无论在资金和原料方面都可以相互依赖，是一种科学的联体，便于形成规模经营，竞争力强，很有发展前景。但是，正因为福新厂经常为申新厂提供财政帮助，引起福新保守派股东的不满。他们埋怨说：照此局势，福新五厂早晚也会被申新四厂拖垮。有人为此电告上海总公司，建议将申新四厂卖掉，专办福新五厂。此论正与日本帝国主义不谋而合。此时日商在中国市场削价倾销纱布，并在汉口开设泰安纱厂。泰安纱厂同在桥口，与申新四厂毗邻，他们巴不得将申新四厂吞掉，便四处活动，游说上海总公司图谋买进，以扩大泰安规模，在中国内地市场倾销日纱，企图占领内地纱布市场。日商的这一阴谋一旦得逞，对中国棉纱工业是一个很大的打击。申新厂多数职工看出了日商的企图，认识到这不仅是一厂二业的问题，事关民族工业的兴衰，无论如何不能将申新四厂卖给日商。由于多数职工的强烈反对，荣宗敬先生出面做工作，申新四厂才算保留下来。

荣氏企业是在很短时间内形成和发展起来的，轻纺基础本不稳定。1914~1918 年间荣氏企业为充分利用黄金时间，拼命扩大生产规模。当外国资本卷土重来时，荣家企业首先感到资金周转困难，经济危机随之袭来。自 1908~1934 年荣家企业经受大的经济危机四次。

据汉口福新四厂和申新五厂的经理李国伟先生回忆，第一次经济危机发生在 1908 年。1908 年荣宗敬曾向买办张麟魁、荣瑞磐合办的裕大祥号投资经营面粉。该号钻营投机，亏损倒闭，荣先生只得动用广生钱庄资金赔补，各行庄都不肯放款，开支无着，致使广生钱庄停业。次年，茂新在与外商竞争中亏损很大，股东因失去信心，纷纷退出，荣宗敬几乎无法应付，陷入经济危机。第二次发生在 1912 年。这一年振新厂原棉告竭，往来各户亦无法贷借。董事会商定由董事出资垫款，各董事看振新前景不妙，谁也不肯垫款，致使振新厂新年不能开工。第三次发生在 1921 年，此时正是三新集团发展的高峰期，茂新发展到四个厂，福新发展到八个厂，申新发展到四个厂，共计十六个厂，所欠债务三百万元以上。后来还是“借款成功”强渡难关。发生在 1934 年的第四次经济危机是最严重的一次，这一年因自然灾害，纺织业遭到空前灾难。面粉业也因外商的大量倾销而无法周转，美国抛出的购买白银案，一下子抽走上海现银存底的三分之一，举国上下百物狂跌，市场萧条，金融恐慌弥漫大中小城市。1934 年 3 月起，中国、上海两银行已不肯借款给申新，与此同时，十六家往来钱庄也是只收不放。6 月底，申新已欠五百万元的资金，后经银行界朋友张公权、宋汉章等出面，由中国、上海两家银行和十三家钱庄接受“产余担保压款”五百万元。申新以为这笔款项足以解燃眉之急，谁料这笔款子支付二百八十万元时，中国、上海两银行忽然拒付，申新厂被迫搁浅。

抗日战争爆发后，荣宗敬留驻上海，荣德生赴汉口，1938 年 2 月荣宗敬病死香港，荣氏企业归荣德生执掌。其间，荣氏兄弟曾多次拒绝日本人的利诱、拉拢，不予合作，久为日人嫉恨。对荣家企业来说，战争就像灾难一样，使之

蒙受巨大的损失。据统计，申新系统以一厂和八厂遭受的损失最大。据说申新一厂全部被炸毁，机声轰轰的申新一厂变成一堆乱石瓦砾，其惨象令人目不忍睹。厂房被夷为平地，数万名职工流落街头。申新一厂的北工场、布厂、办公室、工人宿舍、饭厅、货栈、物料间等几乎被炸平，受伤工人三百五十多人，被炸身亡者亦有约一百人。申新三厂是苏南最大的工厂之一，有纱七万多枚，被日军用硫黄、火药、柴油焚烧数日，除用钢筋水泥铸成的一座厂房保留下来外，其他全部毁于战火，申新七个厂全部停工，其中七厂停工时间长达八年，粗略统计，仅申新系统的损失达上百亿。福新的损失也达数十亿。

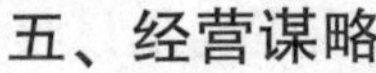

五、经营谋略

（一）处处留心皆生意

在近代民族企业家中，荣德生是最善于抓机会、预测市场、寻找发财之路的。用他的话来说就是：“遍地是黄金，看你认识不认识。”“处处留心皆生意。”

1911 年春，荣德生风尘仆仆从惠山回厂，当他看到自己的粮库墙角水痕有三四尺高，马上意识到原料因失晒而受潮。他回到厂的第一件事就是连夜召集全厂采购人员，布置新的计划和采购标准。荣德生告诉大家，今春大雨为灾，小麦收割前必会因翻晒不足，影响麦子质量。凡我厂人员收购小麦时一定要注意麦的质量，遇有坏麦一概不收，宁缺毋滥。他断定：今年面粉行业的竞争是原料质量的竞争，而原料质量的竞争，胜败全系采购人员。茂新厂的面粉要想在竞争中取胜，必须严把采购关。果然不出所料，1911 年的面粉市场，唯有茂新的质量最好，市场畅销，人人乐用。其他厂家因没意识到这一点，收购时把关不严，生产的面粉又黑又苦，无人问津，后来只有付之一炬。这一年茂新面粉打开了销路，创立了牌子，树立了信誉，为荣氏面粉工厂的发展奠定了基础。

有一次，荣德生途经一高粱地解手，见遍地高粱茎高穗大，丰收在望。他随手折断几根，发现茎中有不少害虫。荣德生预测今年必有虫灾。他立即驱车返店，连夜大量购进高粱。别的老板以为荣老板神经出了什么毛病，高粱丰收在望，何愁购不到粮食，深感不可思议。不料，高粱接近成熟时，庄稼多为害虫咬死，丰收遇灾，高粱大幅度减产。荣德生乘机往外抛，市场畅销，价格上涨，发了一笔财。别人皆佩服荣德生的神机妙算。

（二）经营之道

荣氏企业高速发展，得益于他们的经营之道，荣宗敬先生把他的经营之道概括为：“造厂力求其快，设备力求其新，开工力求其足，扩展力求甚多，因之无月不添新机，无机不

在运转；人弃我取，将旧变新，以一文钱做三文钱的事，薄利多做，竞争于市场，庶几其能成功。”

造厂力求其快，是市场变化的需要。市场的变化，既是投向每一个人的机遇，也是抛向每一个人的灾难。关键在于预测市场，把握市场，随市场的变化而变化。要想跟上市场，利用市场，就必须缩短从投资到经营之间的时间，以最快的速度将新产品投放市场。这就是造厂力求其快的含意。

设备力求其新，是与同行竞争获取胜利的一个法宝。在梅园“乐农别墅”门前，有三具保存的石磨非常引人注目，这石磨是 1902 年 3 月荣氏兄弟在无锡的保兴面粉厂开设之初购买的主要机器设备。当时，在天津、上海、广州、芜湖等地的十余家面粉厂中，运用的最先进的设备就是这种法国石磨。然而荣氏兄弟并未因此满足，在保兴面粉厂开设刚三年时，他们就增添了六部英制钢磨，使得产量扩大了近三倍。1910 年，面粉厂再次添机，装置最新式美国钢磨十二部，并拆去石磨，改建厂房，短短的九年，面粉厂通过设备更新，产量增长超过十倍，盈利能力也相应大大提高。这期间，每逢建立新厂或扩充旧厂，荣氏兄弟都要从国外购买最先进的机器设备。办纱厂时，荣氏兄弟对设备和技术则更为重视，他们不但重视购买先进机器设备，而且重视对技术人员和管理人员的培养。1919 年荣氏兄弟筹股兴建纺织产业的申新三厂，他们定购了赫华特细纱机三万锭，从美国定购了一千六百千瓦发电机组两套，以及萨克洛威细纱机两万锭，还购买了轧花机八十台，英国迪更生和赫斯特来型号布机五百台，其规模之大、设备之新，为当时内地华商纱厂之冠。总之，“设备唯求其新”，引进先进的机器设备和生产技术，是荣家企业不断发展的重要基础。

为了使用新机器和推广新技术，他们重视对技术人员的培养。在荣氏企业发展史上，王尧臣和王禹卿二兄弟不能不提。兄弟俩幼时均在父亲开设的学馆里读书。王尧臣十六岁时在无锡一家染坊当学徒，二十三岁经友人介绍至上海瑞丰估衣庄当伙计，三年后升为会计。光绪三十年（1904）进顺全隆洋行司账务。光绪三十三年在华兴面粉厂当会计，后调到天津、营口、大连、烟台等外庄主持面粉销售业务。王禹卿十四岁时到上海胡亦来煤铁油麻店当学徒，十八岁升外账。光绪二十八年进沈元来油麻店，负责销售工作，在争取客商、招揽生意方面才能出众，后被延入恒来油麻店，派去烟台、营口、天津等地推销商品，并代无锡保兴面粉厂销售面粉。光绪二十九年（1903），被荣宗敬挽入无锡茂新面粉厂工作，派至黄桥麦庄任会计兼司函牍，不久仍被派赴烟台、营口等地推销面粉，兼销进口美国面粉并经营汇兑业务。翌年底，被聘为茂新面粉公司销售主任，后又任茂新驻天津分销处主任，兼上海裕大祥号天津分号经理。光绪三十四年（1908），裕大祥号投机失败，牵累茂新，经王禹卿与

各庄联系，立据担保，负责归还欠款，使茂新渡过了难关。民国元年（1912），王禹卿与茂新办麦主任浦文汀拟在沪合办面粉厂，因资本不足，后与荣氏兄弟商议合伙投资，共集资四万元（其中荣氏兄弟两万元，浦氏兄弟一万两千元，王禹卿八千元），在上海创办福新面粉厂，王禹卿为经理。民国二年建成投产后，日产面粉一万两千包。由于使用原茂新“绿兵船”牌商标，加之王禹卿销粉有方，第一年就盈余三万两千元。此时王尧臣亦辞去华兴面粉厂销粉职务，来到福新，接任福新一厂经理。以后适逢第一次世界大战，面粉销路大畅，福新面粉厂迅速扩展。至民国十年，福新已发展到八个厂。其中以福新七厂规模最大，日产面粉一万四千包。王禹卿任福新面粉公司经理兼福新七厂副经理。王尧臣一直担任福新一厂与三厂经理、福新七厂驻厂经理，他克勤克俭，治厂严谨。王禹卿则精明干练，善于经营。兄弟俩互尊互让，合作无间。民国九年，王禹卿协助荣宗敬在上海成立面粉交易所，规定“绿兵船”牌面粉为市场标准粉。次年，他与荣宗敬又在上海创办华商纱布交易所，并购得两个经纪人字号，经手买卖纱布、证券等业务。民国元年，他耗资二十多万元，在无锡五里湖旁构筑蠡园。他还在无锡开办云裳绸布庄。民国二十一年（1932），王尧臣投资十万元，在无锡迎龙桥堍创办康裕布厂。民国二十二年（1933），申新纺织系统发生经济困难，福新各厂从茂、福、申三新总公司分离出来，另行成立福新面粉厂总公司。王禹卿自任总经理。民国二十三年（1934），申新系统经济濒危时，他曾一度担任茂新、福新、中新总公司总经理。日军侵占上海后，福新系统的第一、三、六厂皆在敌占区，损失严重；第二、四、七、八厂处于租界内，颇有盈利。民国二十七年（1938），王尧臣、王禹卿在上海共同创办寅丰毛纺织厂。民国三十二年（1943），日伪成立粉麦统制会时，邀王禹卿出任该会主任委员，遭到他的拒绝。民国三十六年（1947），上海福新、阜丰、华丰、裕通面粉厂和无锡茂新面粉厂联合成立五厂公记小麦联购组织，他担任主任委员。此时，他感到年事已高，遂将福新系统经营大权交由荣毅仁掌握。

以上表明，荣氏企业的发展与其重视人才引用人才有密切关系。当时，荣德生不惜重金，为各厂都聘用了一批学有专长、经验丰富的科技人员和管理人员，做到了工程师厂厂有。此外，1926 年，荣德生先后派副经理荣鄂生及总管薛明剑去日本参观学习；抗战前，又派技术人员赴日本明治纺绩会社见习日本纱厂的保全、保养工作法。荣德生还经常请纺织界的名人、专家来厂演讲，并创办了“申新纺织总公司职员养成所”等职业技术学校，提高工人的技术操作能力。

荣德生对先进技术的高度重视，不禁让人联想起清末另一个著名的企业家胡雪岩。胡雪岩时代，国内湖州与南浔的丝的质地天下无双，如果能够引进先进工艺，提高质量，必能与国外产品相抗衡，取得稳定发展。但胡雪岩虽进入丝业，但从未致力于投资新式工厂、改良工艺、提高品质，而是留恋于囤积居奇、大进大出的生丝投机，他在丝业贸易中的投资动辄百万，但却从未正式建立一个高技术含量的新式企业。从这个意义上来讲，他并不算是一个企业家，而只是一个丝业流通领域的商人。之后，胡雪岩想利用囤积来控制洋丝厂的货源，想用这点来打败西方工业的侵略，但最后却因欧洲蚕丝的丰收和内部联盟的解体，导致了他彻底失败的命运。在“办事业”这点上，荣德生与胡雪岩对待先进生产力的不同眼界导致了他们完全不同的结果。

荣氏企业的机器设备在国内行业中，都是最先进的。1943 年一个美国工业考察团在汉口考察申新四厂后，惊叹不止，意外地发现中国民族工业中的机器设备竟如此先进。申新四厂的设备在美国也算是较先进的。荣氏企业的大部分盈余都用在更新设备方面。这一点倒是颇具慧眼的。因为中国民族工业的设备都比较落后，所以才不具竞争力，荣家花大本钱更新设备，当然会有很好的效益。除此而外，荣氏企业在管理方面也别出心裁，其“无限公司”的做法，即董事会只享受股权，不负责具体事务和宏观决策，完全信赖总经理并委以全权的经营方法，以及企业“吃着两头”的方针，即面粉厂需要用面袋子，便发展纱厂企划谋略，使其棉纺和面粉两大企业互为支撑，互相递进，形成了面粉和纺织展翅双飞的荣氏企业帝国。

企业创业中对技术和人才的重视、发展中对诚信的坚守和对品质的追求、成熟后对社会发展的责任和贡献，这些荣德生先生在一个世纪前“办事业”的实践中所体现出的精神与追求，至今仍然是中国企业发展所遵循的方向。

(三) 诚信为本，品牌为先

如果你走进无锡“乐农别墅”的三间房，除能体会到荣德生先生成功的经营之道外，还能体会到其所遵循的简简单单的“重于诚信”的商业原则。

诚信并不全是现代西方工业的舶来品。中国传统儒家文化所提倡的仁、义、礼、智、信，己所不欲，勿施于人等观念，就有诚信的含义。荣德生先生曾经说过：“古之圣贤，其言行不外《大学》之明德，《中庸》之明诚，正心修身，终至国治而天下平。吾辈办事业亦犹是也，必先正心诚意，实事求是，庶几有成。”“经营事业，信用第一。”“乐农别墅”里有一幅荣德生先生书写的对联：“心正思无邪，意诚言必重”，表明了他诚信为本的心迹。

荣氏兄弟有着强烈的品牌意识和质量意识，在两个行业创立了自己的优质品牌形象，面粉业的“兵船”牌，棉纱业的“人钟”牌都是当时行业最高品质的代表，不管是从外部包装还是内部品质，都完全可与国外的品牌竞争，并有部分出口国外。荣德生也在《乐农自订行年纪事》中写道：

"布甚佳，到处乐用。""茂、福新粉销之广，尝至伦敦，各处出粉之多，无出其上……仍思力谋扩充，造福人群。"

正是对质量和品牌信誉的重视，使得荣氏在面粉和棉纱业内稳定快速地发展扩大，成为名副其实的"面粉大王"和"棉纱大王"。

与中国传统的商帮不同，荣氏兄弟非常注重资本增值和扩大企业规模。中国的传统商帮，由于传统封闭的视野和思想的局限，他们所有的积累仍然集中在流通领域，不注重投入实业，没有做到商业资本向产业资本的转换。荣氏兄弟则将积累的财富尽量投入旧企业的更新与新企业的开设中。"对外竞争，非扩大不能立足"，"造厂力求其快，设备力求其新，开工力求其足，扩展力求其多"。从 1916 年至 1931 年的十六年间，荣氏兄弟不断创办新厂，收购旧厂，整个集团平均二十个月拥有一个纺织企业，为家族产业的规模打下基础。

胡雪岩的庆余堂在经营中奉行"戒欺"，注重材料品质，注重销售方式，讲求施恩于众，维护民族利益，但相比其"善权谋"，荣氏兄弟则通过自己的实践，更彻底地展现了一个真正的企业所应有的经营信念，概括起来就是："重技术、爱人才；重诚信、立品牌；重交流、善学习；重发展、善积累"。这些朴素的理念到了 21 世纪的今天，仍然是现代企业发展的精神所在。

（四）社会责任

在积累财富的同时，荣德生还怀有“为天下布芳馨”的信念。梅园就是荣氏兄弟为实现这个宏愿而设立的。1912年，他们在无锡西郊的东山和浒山南坡购地筑园，倚山植梅，以梅饰山，名之曰“梅园”。梅园距市区七公里，距太湖一公里半，园内遍植梅树，是江南著名的赏梅胜地之一。它遥临太湖，北倚龙山，淡泊清幽，有“名园一角似横琴”之美誉。当然，“为天下布芳馨”的信念不仅仅体现在建造一个梅园和几个工厂上，荣家对无锡的社会公益事业也卓有贡献，如在我国的农业、教育、市政、旅游、卫生等事业的发展方面，荣家也有很大的贡献。荣氏兄弟还资助家乡教育，1906年他们创办“荣氏公益学堂”，今天的荣巷中心小学就是在此基础上发展起来的。

在家乡发展规划等方面，荣氏兄弟也有着非凡见识。1912年，荣德生写了《无锡之将来》，抗日战争胜利后又写了《今后的无锡》，对无锡的建设和发展提出了许多有远见的主张。他认为，繁荣无锡“不仅是繁荣京（宁）沪，复苏江苏之先决条件”，而且“影响直接、间接将远及全国”。他提出发展无锡之最大障碍是“市区缺乏有规模之大动脉”，无锡东邻苏州、西毗常州，大运河、宁沪铁路贯穿境内，要利用这一地理优势，把“苏锡常打成一片”，建设“雄踞京（宁）沪线，人口数百万”，“影响直接、间接远及全国”的大无锡。他还提出，要充分利用无锡山清水秀的自然条件，发展旅游事业；建设资金不足，政府可通过有偿出让土地使用权的办法进行筹集，“变为现金以资运用”。如今，无锡的城市规划与发展都无一例外地印证了荣德生先生当年的远见卓识，一批现代的房地产开发商，不禁为近百年前荣老先生对城市规划的眼界与“胸怀天下”的气度所深深折服。

在梅园“香海轩”，荣德生先生铜像后的廊上挂着一副楹联，概括了荣氏家族的品质与气节，也借此表达出对荣德生老先生和荣毅仁先生的尊敬及缅怀之情：“万花敢向雪中出，一树独先天下春”。

六、面粉大王被绑记

1946 年 4 月 25 日早晨 8 点多钟，上海街头晨风习习，人们急匆匆地奔走赶着上班。一辆黑色福特牌轿车从麦尼尼路驰向高恩路时，转弯处突然闪出三个身穿长袍、头戴礼帽、墨镜遮脸的人，他们从腰间掏出手枪，拦住去路。车门一打开，两个持枪人立即将车中两个比较年轻的人推下车，却把另一个微胖的老人挟住，将一张红色“逮捕证”在老人面前晃了晃说：“奉毛森处长命令，请你到京沪卫戍司令部第二处去一趟！”老人无话以对，被架进停在路那边的另一辆轿车内，车一溜烟向西郊驶去。这就是当年震惊京（宁）沪的中国棉纱、面粉大王荣德生被绑架案。

荣老先生被绑架的消息传到荣家后，荣家一片混乱，惊恐不安。突然有电话打到荣家，说是荣老先生在他们手上，必须立付一百万美金，方可赎人。不然荣德生性命难保。两个时辰以后，申新九厂的经理吴昆生也接到相同的电话，催他赶快赎人。5 月 13 日吴昆生又收到荣德生的一封亲笔信，上面写道："此间长官颇为震怒，余求之再三，乃允捐资美金一百万元。余想不出别的办法，唯有各厂摊筹，内申一厂出十五万，申二厂出十万，申三厂出十万，申六厂出十五万，共五十万，倘不足，由申九帮忙。"一百万美金尚未筹足时，申二厂厂长詹荣培又收到荣德生的第二封亲笔信，信称价款已减到五十万美金，此事必须即日办妥，不可大意，以全余之残年，否则余之老命不保，汝等亦恐遭不堪设想的恶果。绑匪也在信中警告说："限两日内切实筹妥，以清手续，否则将令尊处以死刑。"当天晚上，荣家在电话中与绑匪取得联系，答应以五十万美金赎人。

绑匪告诉荣家，交款和接人的办法已分别贴在静安寺成顺典当行和南京大戏院门前的墙壁上，是写在一张招贴纸的背面。绑匪相约的地点是多变的，一次是约在神州旅社 316 号房交款，一次是约在李美路四百号顺兴袜厂内。然而这两次均未见绑匪出面。

绑匪为什么要绑荣德生？原因很简单，有人想敲诈他一笔。抗战胜利后，荣家企业大都复业开张，恢复了往日的辉煌，此时荣家企业共拥有纱厂十二家，面粉厂十六家，另有一批其他工厂和商店。他们共拥有纱锭六十六万五千二百七十八枚，布机三千七百一十二台，粉磨三百三十部，日产面粉八万三千五百包。荣氏企业的全面开工，使其利润大增，如申二、五两厂每年分红利都在五次以上，每次的红利额折合黄金一万一千两以上，这一年汇进荣家企业的外汇就达四百万美金。抗战胜利后如此红火的企业，荣家算是首屈一指了，社会各界包括国民党军警要人都为此眼红。国民政府也曾几次示意荣德生为党国做点贡献，荣家因未意会而无所表示，荣家将横祸及身，当可预料。

绑架或敲诈活动在抗战刚胜利后的上海已经是司空见惯的事了。先是被称为“钻石大王”的嘉定银行经理范田春被绑架，又有号称“五金大王”的唐宝昌被绑架，再有广东富商陈炳谦的两个儿子被绑架。荣德生被绑架，只是绑票案日渐升级中的一例。但此案要价是最高的，几乎震惊了整个中国。

荣德生被绑架时，绑匪使用了淞沪警备司令部副官处处长王公遐的15044号车牌轿车，手持第一绥靖区第二处处长毛森的逮捕证，不言而喻，此中背景便复杂了。因此荣家不敢请警方出面破案，只得暗中与绑匪讨价还价。这时，荣德生被绑架的消息不胫而走，上海的大小报纸都作为头号新闻报道，舆论哗然，有人指责这是国民党军警联合搞的，纷纷要求警备司令部和警察局澄清事实。因而国民党当局也做出破案姿态，一时便衣警察布满荣宅周围。

荣家与绑匪几次联系后，再一次约定于 5 月 25 日下午在蒲石路一手交赎款一手交人。这一消息被警方截获后，他们当即派出数十便衣军警埋伏在蒲石路一带，以便一举截获绑匪和赎人质的巨款。不料蒲石路正是国民党京沪警备司令汤恩伯的公馆所在地，当汤公馆的警卫发现大批便衣人员埋伏在附近，认为将有不测之变，立即报告汤恩伯，汤即下令调来军队保护，军方和警方一时气氛紧张，绑匪一见蒲石路形势不对，早就溜之大吉。荣家却仍派出代表顾鼎言乘汽车带着二十五万美金到蒲石路赎人，车到路口停住，不断探头张望。这时警方便衣一拥而上将车扣住，在车内一只黑皮箱内搜出二十五万美金巨款，连款带人一起押往沪北警所。荣家说明此款是赎人质所用，警方反说："按法律规定，出钱赎命就是违法犯罪!"强行将装有二十五万美金的一只大皮箱扣留，并几次到荣家搜抄。这样一来，荣家更吓破了胆，人未赎回，钱又被截去。经多方疏通，警方才答应俟绑匪查获后，再发还赎款。

这时，申新二厂厂长詹荣培和绑匪"接上了关系"，相约于 5 月 27 日下午一手交款，一手交人。荣家赎人心切，不顾一切，委托詹荣培全权办理。27 日下午，一辆挂着淞沪警备司令部副官处王公遐处长座车牌号的轿车开进了申新二厂，停在厂长办公室门前，詹荣培立即叫人把两只准备好的大皮箱送到车上，驶出厂门。第二天晚上，荣德生即被绑匪用三轮车送回了家。

8 月 4 日上海《民国日报》刊出《荣案经过前前后后》一文，说这次参与绑架荣德生的案犯共有十八人，其中十五人已经落网，首犯有骆文庆、吴志刚、张少卿、黄阿虎、朱连生、詹荣培等人。事情经过是这样的：骆文庆和张少卿等蓄谋绑架荣德生已久，经几次策划，找到无锡人朱连生，因朱认识荣德生，由他带骆文庆等潜伏在爱多霞路江西路口察看荣德生面貌，又在环龙路雷茜咖啡馆策划绑架方案。吴志刚是华太企业公司总经理，朱连生又是吴的汽车司机。由于吴与淞沪警备司令部关系极熟，骆文庆等约他一起参与，由吴志刚出面向淞沪警备司令部副官处处长王公遐暗通款曲，借得他的座车，又拉第一绥靖区第二处的黄绍寅入伙，弄到第二处处长毛森签发的逮捕证，一切准备就绪后，便潜伏在荣德生住处附近劫人。

4 月 25 日上午荣德生被绑架，是由朱连生开淞沪警备司令部副官处王公遐的座车前来执行的，同时参与行动的有骆文庆、张少卿、黄阿虎三人。当骆文庆持枪截住荣德生的汽车后，黄阿虎即出示逮捕证，张、骆二人马上将荣德生架进轿车，朱连生立即将车开走，经贝当路转入梵皇渡路，到中山路，在闸北水电厂附近下车，将荣德生架到小河边的一只小船上，推进舱内，不准出声。又于次日晚将他转移到曹家渡五角场公益里100号一座石库门院内一间没有窗户的小屋内关押，由一男一女严密监视。房主就是绑匪黄阿虎。

荣德生两次给家里写信都在这间小屋里。绑匪们和荣家通电话是由沪西大流氓郑莲荣打的。由于电话多次被警方窃听，又改用信件，并与申新二厂厂长詹荣培直接联系。因为詹荣培和骆文庆、吴志刚是多年旧交，在绑架荣德生时已接上关系，成为绑匪内线。所以当荣家巨款被警方截去后，詹就公开出面做赎人的“中间人”，致使绑匪们能在大白天公开开车到厂内取走五十万美元之巨款。

绑匪在申新二厂取得五十万美元后，进行了分赃。与此同时，骆文庆用汽车把荣德生送到福开森路霞飞路口，用一辆三轮车将荣德生送到麦尼尼路荣德生的女婿唐熊源家。

警方在荣德生被绑匪放回后仍继续布置侦查。不料绑匪黄绍寅得赃款七千元美金后，急不可耐地挥霍起来，被警部第二处特工人员侦知，遂将其逮捕。于是绑匪逐个被捕，其中八人被判死刑。所谓荣案至此了结。

此案虽被侦“破”，报载荣家被勒索之美金也被“追回”，然而事实上国民党军第一绥靖区、淞沪警备司令部、市警察局等从中牟利达美金十四万多元。荣家实际追回之款项不到二十万美元，而事后又有许多达官贵人向其索取酬金，实际总花销达六十万美金之巨。当然这笔巨款荣德生个人无力支付，只好由申新各厂摊派，极大地影响到申新系统各厂的生产。无怪乎荣德生在破案后曾感慨地写道：“闻绑案已破，匪犯逮捕，指使者起意离奇，可见人心险恶，但恐犹非真相了。”